PROYECTO USHER

PROYECTO USHER, Primera Edición
Varios autores

DE LA PRESENTE EDICIÓN:

© Varios autores, 2020

© CATHARTES Ediciones, 2020.
Contacto: cathartes.ediciones@gmail.com

© Editorial Raíces Latinas, 2020.
Contacto: editorialraiceslatinas@gmail.com

Edición:

© Cathartes Ediciones

© Editorial Raíces Latinas

ISBN: 978-0-9600795-8-2

Diagramación: © Cathartes Ediciones

Ilustraciones interiores y portada: © Angélica Tapia Lagos

Diseño de Portada: © Angélica Tapia Lagos

Cathartes Ediciones es propiedad intelectual de Connie Tapia Monroy & Pablo Espinoza Bardi ©

Editorial Raíces Latinas es propiedad intelectual de Hemil García Linares ©

Impreso en Print Factory Impresores

PROYECTO USHER

Antología en homenaje a Edgar Allan Poe

Editorial Raíces Latinas

Literatura latinoamericana de horror: una aproximación a la narrativa de Edgar Allan Poe

Si el oficio de la literatura es desde ya ir contra corriente, escribir cuentos de horror y cultivar este género es casi como pelear contra molinos de viento.

Hoy, el mercado editorial, la Academia y el establishment sin duda alguna apuntan a la literatura Realista como el género por antonomasia y atrás, en fila, el resto de los géneros están en lista de espera: el Terror, la Ciencia Ficción, la Fantasía, por citar diversos géneros, intentan generar espacios de difusión, pero se hallan relegados de los premios literarios mundiales más prestigiosos.

El mercado editorial angloparlante tiene quizás una mayor magnitud y permite que cada género tenga un público cautivo a diferencia del mercado hispanohablante en el cual el Realismo sin duda acapara las ferias del libro y los estantes de las librerías.

Las posibilidades de formarse como escritor y estudiar formalmente diversos géneros, es más factible en Estados Unidos y Europa. Esta es una realidad y asumirla no es fácil, pero el punto para cualquier intento de cambio radica en entender el contexto en el que nos movemos.

Estados Unidos, por citar un ejemplo, tiene cien programas de maestría en Escritura Creativa en la cual el estudiante puede tomar clases de: literatura Juvenil, Fantasía, Horror, Realismo, Medieval, Fantástica.

En países de habla hispana (incluso en España) los programas de Escritura Creativa no llegan en algunos casos a cinco y siendo generosos no sobrepasa los diez. Difícilmente se enseña el género del cual nos ocupamos hoy en este libro.

Analizando un reconocido programa de maestría de Escritura Creativa en España, observamos que se estudia a autores españoles y de los latinoamericanos a Paz, Cortázar y García Márquez, pero no a un autor de género fantástico como Horacio Quiroga. Tampoco se estudia a autores universales como Poe, Lovecraft, Shelley ni King.

Similar situación ocurre en un programa de Escritura Creativa en Perú en el que solo se hace referencia a Poe.

El contexto estadounidense es más holístico: se estudia a Cortázar, García Márquez, Rulfo, Borges, Monterroso, por mencionar a algunos escritores. Autores como Vargas Llosa han dado clases de literatura en universidades como Princeton y se sabe que Cortázar enseñó en Berkeley, y estos no son casos aislados. También, se lee a autores rusos, europeos y de otras latitudes.

Si el género no es considerado dentro de la Academia y en nuestras universidades de habla hispana, entonces no resulta extraño que tampoco se le considere dentro de un canon literario, ni en las librerías, ferias del libro, con la misma benevolencia que sí gozan los *Best Sellers* y los libros de autoayuda.

A partir de la problemática que enfrenta el género cabe preguntarse:

¿Han sufrido prejuicio los grandes referentes del género? De ser cierta la primera interrogante, ¿Qué hacer entonces ante el evidente prejuicio hacia la narrativa que no encaja en el Realismo?

A efecto de explicar sucintamente la problemática del género, sería bueno citar a tres autores relevantes a nivel mundial que no encajan dentro del patrón del Realismo.

En el siglo XIX, los hermanos Grimm aunque no cultivaban el Horror, tenían en sus cuentos de hadas llamados originalmente cuentos de niños y cuentos caseros (*Kinder- und Hausmärchen* en alemán) un género que no era considerado prestigioso. El tema de la muerte, las brujas y lo fantástico estaban presentes.

Ken Mondschein, PhD y ex profesor de University of Massachusetts, Boston University, and Westfield State University sostiene que: "las historias de los hermanos Grimm son, por supuesto, 'literatura real'. Desde la publicación del primer volumen a inicios de 1800, ellos han pasado, de ser solamente una reliquia de la cultura alemana, a formar parte del canon mundial".

En la actualidad se habla mucho de grandes autores alemanes como Nietzsche o Goethe, pero el apellido Grimm, ni por un segundo pasa desapercibido.

Al escribir sus cuentos de hadas (*märchen*), los hermanos Grimm se mostraron como autores que plasmaban el verdadero espíritu y cultura de Alemania. Ellos consideraban que estas no se hallaban en manos de las elites literarias, sino en las palabras y la escritura de la gente común.

En el mismo siglo XIX Edgar Allan Poe, inspiración para esta antología de autores peruanos y chilenos, también batalló por la profesionalización de su estilo narrativo y temático, siendo un pionero del horror, lo fantástico y la novela policíaca en los Estados Unidos.

El catedrático Duncan Faherty del departamento de inglés de Queens College de New York sostiene que Poe no solo es autor de lo macabro, también escribió textos sociales como el ensayo "Wissahiccon" en el que habla sobre el territorio, la raza y la cultura. Faherty considera que mencionar esta faceta desconocida del autor, podría generar mayor interés en su obra y mostrar que hay errores preconcebidos respecto a su obra.

En Inglaterra durante el siglo XVIII, Mary Shelley, la creadora de *Frankenstein* se erige como la primera novelista de horror. Según Charlotte Gordon, catedrática distinguida de la universidad de Delaware, Shelley sufrió los embates de una sociedad patriarcal que consideraba el trabajo de Shelley como indigno, no solo por ser mujer, sino por escribir una novela considerada perversa e inmoral. La primera edición fue de quinientos ejemplares, las ventas fueron mínimas, la impresión de calidad ínfima y Shelley no recibió regalías. Hoy es un clásico de la literatura universal y es considerada la madre de la ciencia ficción.

Como hemos podido observar, más de un género y en distintas épocas y lugares, ha sufrido algún tipo de prejuicio.

Si grandes maestros de la literatura como los hermanos Grimm, Poe y Shelley han experimentado rechazo, ¿Qué nos espera entonces a los mortales escritores?

Es evidente que el camino es largo para el género y que en la actualidad no tiene una diversidad de sellos editoriales que lo respalden. La cantidad de editoriales especializadas en Perú y Chile no pasan, siendo optimistas, de la docena, en cada país. El número es irrisorio si tenemos en cuenta que Perú tiene un poco más de treinta y dos millones de habitantes (fuente INEI) y Chile diecinueve millones de habitantes (fuente INE), respectivamente.

Por eso una editorial estadounidense que no es del género busca a una editorial chilena especializada en el mismo, porque solo por medio de proyectos solidarios y alianzas editoriales que intenten cruzar fronteras, se podrán crear espacios y escenarios supranacionales para la literatura del Horror.

Esperamos que esta antología del género traspase del contexto latinoamericano y llegue a un contexto más universal. En ese sentido los editores de Raíces Latinas (Estados Unidos) y Cathartes Ediciones (Chile) se alinean con lo que Poe postulaba: "Los que sueñan de día son conscientes de muchas cosas que escapan a los que sueñan sólo de noche".

Y se alinea también con los hermanos Grimm y Mary Shelley en el sentido de querer ser pioneros.

Es un tanto sui generis este proyecto binacional que hermana a escritores peruanos y chilenos que aspiran ser leídos en Estados Unidos. Urge salir de nuestra esfera y periferia hacia un mundo que se reduce cada vez más.

La literatura lejos de reducirse a un contexto nacional, debería aspirar a lo universal. Poe sería quizás un digno ejemplo de universalidad ya que tiene diversos escenarios e incluso inserta en sus historias, idiomas como el francés y el latín y también ciencia, psicología y matemáticas.

Lejos de debatir horas en simposios sobre la problemática del género o la pasiva lamentación ante el *status quo*, con esta antología hemos decidido trazar nuevos caminos con papel y pluma, en un mundo editorial que es, vaya ironía, ominoso con el género.

Por eso nace, con delirio y exaltación por el Horror: Proyecto Usher.

Hemil García Linares
Virginia, septiembre de 2020

Y, entonces, abrí la puerta de par en par, y ¿qué es lo que vi? ¡Las tinieblas y nada más!

KACHKANIRAQMI

Raúl Quiroz Andia

(1973, Lima, Perú) Cursó la carrera de Filosofía en la Facultad de Teología Pontificia y Civil de Lima. Primer puesto en cuento en el Concurso Dorian (GPUC, 1999). Participó en el Círculo Literario UxL (2000 - 2015). Tiene publicados un libro de cuentos Maneki-neko (2014) y dos novelas *El Sueño de las Estirpes* (2015) y *El Dios Sin Rostro* (2018). Ha publicado en variadas antologías: *El misterioso Valle del Puma* (2016), *Más allá de lo Real* (2018), *Disturbing Stories* (2019), *Superhéroes* (2019) y *21 Relatos sobre la Independencia de Perú* (2019), entre otras.

La soledad es el lugar más seguro que conozco.

—Edgar Allan Poe

La juventud se rodea de urgencias, no se esmera en comprender el lento camino que sufren las gotas precipitándose al fondo de un vaso... Así comenzamos a vivir, sin prestar atención a cómo se va desgajando todo, rumbo a un pozo de ausencia y soledad; y es que siempre hay demasiado brío, una vehemencia contenida que no parece menguar y solo desea estallar desenfrenada, llevándose a su paso lo que tenga enfrente.

La vieja chacra del abuelo Mateo, la heredad levantada, caída y alzada nuevamente a partir de rocas, quincha y cemento. Desde pequeño veía las fotos familiares en el grueso folio que mi madre resguardaba al fondo de su cajón de recuerdos; cada una de ellas sepias y descoloridas, el paso del tiempo las había tratado con descuido: ajando los bordes y estampando irregulares manchas de humedad, ofreciéndole a los mohos un jardín enmicado donde proliferar sobre las imágenes. Recuerdo a mamá mirándolas con ternura, despertando los retozos con mi padre en la plantación cuando tendría mi edad. Había pasado mucho tiempo, ahora ella sobrevivía al alzehimer en una casa de reposo... papá nos había dejado hacía pocos meses, iniciando un viaje donde no le podríamos acompañar.

Llegué a Huancayo con las últimas horas de la tarde y pasé la noche en casa de mis tíos. Al amanecer me atiborraron de comida y enrumbamos a la vieja hacienda, abandonada hacía más de cincuenta años; ella fue una de las pocas que fueron afectadas por la Reforma Agraria en Junín. Entrando en el valle del Mantaro, fuimos perdiéndonos entre las quebradas, no tardaron en aparecer los sembradíos, y poco a poco, una sensación de malestar comenzó a percutir en mis sienes. No era el efecto de la altura, era otra cosa, podía percibir un aire vetusto trenzado en el viento, el sol deslumbraba allá arriba y, sin embargo, cada vuelta del camino iba comprimiendo mis pulsaciones y me las devolvía en un rumor abismado, como si las escuchara desde la boca de un túnel que se hundía en las entrañas de los cerros que nos rodeaban. Tendido en la tolva de la camioneta, traté de distraerme con las formas que las nubes hacían y deshacían en su danza atmosférica. Creo que dormité, el traqueteo resultó ser un arrullo bastante eficaz para olvidar por un momento esa ansiedad que me oprimía.

La voz del tío Felipe anunció que habíamos llegado, recogí mi mochila y avanzamos por el camino de tierra que conducía hasta el portón de la hacienda. Parte de la segunda planta había colapsado, pero el primer piso parecía habitable.

—Pablo, ¿estás seguro que quieres quedarte? Este sitio solo alberga malos recuerdos, tu padre siempre se resistió a volver... ¿Qué diablos te pasó por la cabeza? —lo contemplé unos segundos en silencio. Mecía mi vista entre su rostro arrugado, esos ojos color cobre que me recordaban tanto a los de papá, y la construcción gris a sus espaldas. No supe qué responder, y es que en realidad no lo tenía claro.

Cuando papá murió permanecí encerrado sin saber si debía decírselo a mi madre, estaba seguro que no lo entendería. Me vería y no miraría a la vez, pendulando su atención desde mis labios moviéndose a la ventana con las cortinas siempre corridas. Desde su última crisis desarrolló una aversión irracional por la luz, y le rehuía como una criatura de la noche. En unas pocas semanas se consumió el brillo en sus pupilas olivas, se hicieron negras y pastosas, hasta el punto de no reconocerlas tras las gruesas gafas que calzaba. Dejé de verla casi un mes, y la anciana que hallé en su cuarto era una completa desconocida.

—Entremos para ver cómo está la casa... ¿hay luz?

—¿Electricidad, dices? Pues, supongo que sí, al menos eso creo. El recibo nos llega puntual todos los meses. ¿Te encuentras bien?

—Claro... Debe ser que aún no me aclimato, no te preocupes. Estaré mejor cuando tome una ducha.

—Bueno... no sé si las instalaciones de agua funcionen, cargamos unos bidones por las dudas. Así que tendrás que ver cómo arreglártelas.

Pasé el resto del día poniendo en orden mis cosas. El tío Felipe y Roberto —su compadre y vecino— me ayudaron a mover los muebles y limpiar el cuarto que usaría como habitación. Tras largos abrazos y palabras de aliento, cerró la puerta con una expresión de tristeza y escuché a lo lejos el ruidoso motor de la camioneta. Quedé solo. Solo en esa casa vieja cargada de polvo y omisiones.

Los Lazo siempre hemos sido reservados, llevando la cordialidad silenciosa hasta el paroxismo; callar y escuchar era una señal de respeto, hablar en exceso era mal visto. Así éramos: oyentes estupendos y confidentes que jamás divulgaríamos secretos. Del pasado familiar sabía lo que las fotos de mamá contaban torpemente: académicos de los inicios de la República, terratenientes expropiados, longevos individuos que seguramente contemplaron los cambios históricos y, de pronto, pasaron al anonimato más riguroso.

Mis padres dejaron pasar el tiempo antes de concebirme —no llego a comprender por qué—, mamá rondaba los cuarenta y papá había coronado el medio siglo; cualquier rebeldía adolescente esperable, quedó reprimida por la preocupación de convivir con adultos mayores. Lo que debería haberme hecho alguien que respetaba la edad, causó en mí una hostilidad que rozaba la gerontofobia. Apenas me fue posible abandoné la casa, había demasiadas experiencias y desproporciones que arrinconé tras la moderación... Fue la enfermedad de mamá lo que me devolvió a ellos después de estar distanciado por casi cuatro años. Debería decir que lamento lo poco que pudimos compartir en ese breve periodo, pero me mentiría. La relación se hizo asfixiante: el tedio, la ira contenida, el aroma a fermento que impregnaba el hogar, sus movimientos lentos, y sus mutismos que llenaban la casa, semejantes al frío de la muerte que impera en un panteón. Todo se fue apilando hasta colmarme y hacer que buscase el escapismo en el alcohol. Pasaba las horas postrado en el viejo sillón del recibidor, cubierto con una pátina de embriaguez que me permitía estar aislado de esa atmósfera que iba enrareciéndose día a día. No quisiera que se me malinterprete, no es que no los quisiera, contra lo que se pueda suponer, los amaba con vehemencia... sin embargo, la situación me sobrepasaba; el egoísmo de la juventud, la puesta en pausa de mi vida y esa fobia visceral por la vejez, pesaron más que el afecto. Mamá se evadía a su modo forzado, perdiéndose en los instantes y contemplando el vacío inundado de algo que no me era posible distinguir. Papá dormitaba la mayor parte del tiempo, respiraba estertóreo y rompía en llantos amargos, viendo cómo el control de sí mismo lo abandonaba. Después tuve que internar a mamá... papá languideció cuando el gran amor de su vida estuvo fuera de su alcance. No tardó en dejarse ir también. Imagino que le hubiera gustado festejar el Bicentenario —se celebrará el año que viene—.

No recuerdo que jamás se perdiera un Te Deum, discurso presidencial o desfile. Él fue siempre un patriota, a su modo, pero un patriota, al fin y al cabo, qué otra cosa podía hacer, al parecer eso del patriotismo era una tradición familiar.

Aquella primera noche dormí como no lo había hecho en años. Caí en un sueño profundo apenas me tumbé en la cama; mis acostumbradas pesadillas habían quedado a kilómetros de distancia descendiendo la cordillera, estaba muy lejos en ese refugio de mi propia vida. Amaneció temprano, eran poco menos de las seis y la luz del exterior ya ingresaba por la ventana. Debía adaptarme y hacer mío el lugar, no estaba seguro de cuánto permanecería allí, pero necesitaba reconciliarme con mi herencia, enhebrar los lazos que la muerte había desgarrado y articularme con todo aquello a lo que mezquinamente di las espaldas.

El cuarto del abuelo Mateo estaba repleto de cajas y fardos con ropa, rumas de libros mohosos y cientos de papeles amarillentos apilados contra las paredes. Un angosto jergón cubierto con una piel de toro, se hallaba arrinconado en un extremo de la habitación. Pasé varios días tratando de organizar ese caos de cosas viejas, y descubrí que mucho de aquello había pertenecido al oscuro Crisóstomo Lazo. De él sabía muy poco... alguna vez papá me contó que mi bisabuelo nació en la segunda década de 1800 —prácticamente con la declaración de Independencia— y murió con el cambio de siglo. Pasó su primera treintena en Lima y se retiró después a Junín, donde se casó y enviudó varias veces hasta por fin dejar descendencia con su tercera esposa. Imaginaba que en ese periodo se había hecho de la hacienda donde ahora estaba, la construcción debía remontarse a mediados del siglo XIX. Era seguro que el bisabuelo Crisóstomo había visto las atrocidades de la Guerra del Pacífico, y recordaba la fiebre del caucho, la opulencia que trajo el guano y la bamboleante gobernabilidad de una nación tremendamente injusta; sin embargo, nunca nadie se molestaba en nombrarlo. Hurgué entre los documentos acumulados tratando de encontrar algún daguerrotipo o fotografía que lo retratase, pero no los hallé.

Después de varios días desistí. Era humanamente imposible revisar yo solo ese mar de papeles y trastos rotos u oxidados; tras separar algunos libros y periódicos antiguos que sospechaba podían tener algún valor, hice una gran pira ante el atrio de la casa y la encendí cuando agonizaba la tarde. Entre los periódicos encontré unos ejemplares del Instructor Peruano, una gaceta publicada en 1847, y en uno de ellos, di con una traducción anónima de «El Gato Negro» de Poe. Mi fascinación por los felinos me había llevado a coleccionar escritos en los que se hablara de ellos, y ciertamente ese relato estaba entre mis preferidos. No era un experto, pero creía recordar que la primera traducción al español de Poe se hizo unos años después. Junto al periódico hallé unas hojas manuscritas con letra menuda y apresurada; era el mismo texto que se reproducía en la gaceta y lo firmaba un tal CLP. El manuscrito tenía innumerables tachones y correcciones, pero indudablemente eran de la misma mano... ¡Vaya descubrimiento! ¿Era posible que el bisabuelo fuera aquel traductor anónimo de Poe?

Habían pasado algo más de dos semanas desde que llegué, el tío Felipe me visitó un par de veces llevándome provisiones. Su actitud fue siempre la misma, no comprendía qué podía motivarme a remover memorias en ese paraje apartado del mundo, pero tampoco se molestó en cuestionarme. Supongo que comprendía que era algo que necesitaba hacer, y si bien lo veía como una completa locura, respetó mi pulsión por seguir escarbando en el pasado.

Debían ser las seis de la tarde y el frío calaba en los huesos. Una ventolera ruidosa batía los marcos descuadrados de las ventanas, la casa entera trepidaba enfrentando como podía el rigor del clima. Tenía electricidad la mayoría del tiempo, pero era normal que dos o tres veces al día fallara; en esos casos no me quedaba otra que recurrir a la lámpara de kerosene que el tío Felipe me había dejado. Creo que todo confabuló: la ausencia de energía eléctrica, el viento aullando, el cansancio de un día atareado y esa gelidez que cayó de golpe apenas se ocultó el sol... De un momento a otro, me encontré en medio del salón rodeado de tinieblas, más allá de la luz del quinqué se extendía un espacio negro inexplorado, en esa negrura, cualquier cosa podía asechar. Estoy convencido que todo fue efecto de la sugestión, pero podría asegurar que sentía que la casa se comprimía. Desde una distancia pavorosa, los muros avanzaban en la oscuridad y se cerraban alrededor. Una ansiedad claustrofóbica me revolvió el estómago y ascendió por mi garganta hasta embotarme la respiración, pronto un mareo hizo girar las formas que percibía más allá del umbral de penumbras, y luego todo se puso opaco, lánguido y denso... unos brevísimos chisporroteos se encendieron ante mis ojos y después... Nada.

Desperté bien entrada la mañana en el descanso de las escaleras que llevaban a la planta alta. No sabría explicar cómo llegué hasta allí. Tenía recuerdos vagos, que de seguro eran simplemente producto de una pesadilla, pero fueron tan vívidos: Los cuartos ruinosos iluminados por una luz crepuscular; los ecos de unos pasos arrastrándose y haciendo rechinar los maderos; los espejos mostrándome a un anciano encorvado que se adentraba por la casa hasta un cuartucho de techo inclinado, y una enloquecedora parvada graznaba afuera mientras aquella voz percutía, desmenuzando vocalizaciones rasposas que se aglutinaban en expresiones confusas: Betuel Remaá... Tejiat HaMetim... LeOlam... Selah... Olam Habá...

Jamás había oído esas palabras, no me sonaban a nada. Había encontrado algunos libros curiosos —por decir lo menos—, libros que versaban sobre ocultismo, cábala y disparates por el estilo. ¿Era posible que mientras los ojeaba, sus galimatías se hubieran alojado en mi memoria y estuviera repitiéndolos en mi subconsciente? Me quedaba claro que el bisabuelo había abrazado creencias masónicas o teosóficas, qué sé yo... supongo que fue bastante común en los inicios republicanos, pero ¿qué tanto más lejos había llegado? ¿Acaso la familia lo consideraba un brujo y esa era la razón para proscribirlo? La ignorancia suele estar cargada de prejuicios, y no es que yo creyera en esas patrañas... Definitivamente no, pero «existen más cosas entre el cielo y la tierra de las que han sido soñadas por la filosofía» algo así decía Shakespeare. ¿Quién era yo para —siglo y medio después— burlarme de las convicciones de un hombre producto de su propia época?

Pasé el día buscando distraerme en los quehaceres habituales, cuando quise cargar uno de los bidones hasta el cuarto de baño, sentí una punción en la nuca, e inmediatamente el sabor dulzón de algo fermentado inundó mi boca. Las arcadas no se hicieron esperar, quedé arrodillado abrazando el bidón mientras vaciaba mi estómago. Vomité bilis, espesa y amarga, que no tenía cuándo detenerse. Agotado, permanecí en el suelo hasta que la inconsciencia me invadió... con ella volvió la pesadilla: Las habitaciones envueltas por el ocaso; el rumor del viento irrumpiendo y haciendo suyo cada escondrijo de la casa; aquel cuartucho con el piso atiborrado de grafías extrañas; las aves negras graznando, tordos demasiado grandes que parecían cuervos; y un anciano llenando cada milímetro de madera con líneas que se entrecruzaban y formaban complejos diseños caleidoscópicos. Murmuraba entredientes las mismas palabras: Tejiat HaMetim... Selah... Betuel Remaá... De pronto calló, giró sobre sí y quedó mirándome. Me miraba desde el fondo de una pesadilla, era una expresión vieja y despiadada, acumulando todo el odio que podía reunirse a lo largo de una vida en una sola mirada. Entonces un grito se rompió en esos labios cuarteados: «Nunca, nunca más...» Y siguió gritando, mientras yo sentía como era abrasado por los ojos de un demonio que soñaba sin poder despertar. Aullé, y mis propios alaridos me hicieron reaccionar. El tío Felipe estaba inclinado sobre mí. No entendía qué podía haberme sucedido ni por qué, cuando logré calmarme, solo repetía la misma palabra: «Nunca... nunca...»

Buscó por todos los medios sacarme de esa casa, pero yo me negué rotundamente. Recuerdo el gesto de pavor en su rostro cuando le relaté mis visiones. Sudó mientras le describía al anciano... sus patillas largas, sus ojeras violetas, su andar tortuoso arrastrando los pies, el mentón partido, las mejillas enjutas cubiertas de manchas perfilando sus facciones, y aquellos ojos —negros como la noche más oscura que pudiera imaginar— cargados de rencor. «Son solo alucinaciones» dijo, pero yo no le creí, él sabía que no estaba fantaseando, le estaba describiendo vívidamente a su abuelo. El anciano de mi pesadilla era Crisóstomo Lazo, el patriarca repudiado, el anónimo traductor de Tomahawk Man, el enloquecido ocultista que había buscado perdurarse para siempre... ¿Qué podría haber hallado en sus libros oscuros? ¿Qué significaban esos galimatías que repetía una y otra vez? ¿Qué era lo que no volvería a pasar? Solo mucho tiempo después lo supe: el Hueso de la Resurrección que ablandaría el cuerpo, se expandiría para reconstruirlo, y todos los miembros florecerían en la Vuelta de los Muertos alzándose desde sus despojos... una vieja tradición cabalista; pero en aquel momento, solo estaba obsesionado por descubrir qué había sido de él. ¿Logró su cometido, o murió allí solo, siendo carcomido por la frustración?

El tío Felipe se cansó de insistir y se marchó. Lo acompañé hasta el pórtico y lo vi voltearse repetidas veces, esperando que cambiara de opinión. Cerré la puerta y me interné en la casa. Una fuerza antigua me llamaba. Afuera caía la tarde, la parvada de tordos grandes como cuervos graznaban, adentro todo era bañado por los últimos alientos del día, las paredes se cubrieron con un matiz visceral, parecía moverme en el interior de un cuerpo enorme que palpitaba perezosamente. Un latido aprisionado por las paredes, me delataba la llegada de algo extraordinario. Ascendí los peldaños hasta la planta alta, allí el frío del exterior arreciaba. Mientras avanzaba, el pulso de la casa aceleraba su frecuencia para acoplarse con mis propias pulsaciones. Me detuve ante una puerta estrecha que no recordaba haber visto antes. Cuando la abrí me mostró el cuartucho de techo inclinado que había visto en mi pesadilla: las mismas paredes de la madera hinchada por la humedad, el mismo piso atestado de líneas delirantes y signos tan viejos como las formas que surgen en las cortezas de los queñuales... La habitación estaba vacía, solo la llenaba ese latido que atravesaba tiempos y espacios, desafiaba al graznido de la parvada, y buscaba hacerse oír en el presente. La única porción del suelo libre en aquel horror al vacío, tenía una palabra pintarrajeada con tinta que parecía reciente: KACHKANIRAQMI... «aún estoy aquí».

LA DEVORADORA DE SOLEDADES

Tanya Tynjälä

(Perú) Escritora de ciencia ficción y fantasía. Se dedica a la docencia. Ha publicado con NORMA "La ciudad de los nictálopes" y "Cuentos de la princesa Malva", "Lectora de sueños" y "Ada Lyn". Un cuento suyo ha sido incluido en el manual para la educación secundaria "Texto 4ème sec.", en Bélgica. En 2003 fue nombrada escritora del año para la colección Torre de Papel Amarilla por la editorial NORMA. En 2007 ganó el primer premio en la categoría de monólogo teatral hiperbreve del Concurso internacional de microficción "Garzón Céspedes". Es jefa de edición del idioma español de "Amazing Stories".

La ciudad de .... es una de las más famosas del Mediterráneo. Sus playas de arena fina y tranquilas aguas de un turquesa irreal son las favoritas de familias pudientes de países vecinos que buscan un lugar donde pasar los veranos y algunas veces un invierno más que clemente. Es común ver jovencitas refrescando los pies en la orilla, niños construyendo castillos de arena bajo la atenta mirada de niñeras inglesas, mientras los padres descansan sobre *chaises longues*, bajo las sombrillas y beben refrescantes *cocktails*.

Sin embargo, lo que más le da fama a la ciudad sucede durante las noches. Sus calles tranquilas durante las mañanas soleadas, se llenan de luces y colores a partir de las ocho de la noche. Es en ese momento que salen sus personajes más variopintos, desde príncipes de incógnito en busca de secretos placeres, *vedettes* de moda que se dan un espacio dentro de sus presentaciones parisinas, para satisfacer el capricho del Sultán de turno al ofrecerle un espectáculo privado, damas de sociedad que se esconden detrás de mascadas de encaje para poder ser infieles sin ser reconocidas, hasta mujeres cuyo único talento es una belleza etérea y pasajera que aprovechan mientras dura, para conseguir una vida que de fácil no tiene nada. Y no pasemos de alto a las jóvenes ilusas que creen a ciegas en las promesas de sus ricos amantes.

Famosos son sus *cabarets* en donde actúan sólo las más preciadas estrellas, sus casinos, cuyos estrictos códigos vestimentarios deben ser seguidos con religiosidad so pena de impedir la entrada y alrededor de cuyas ruletas muchas fortunas se han perdido. Famosos también, pero a *sotto voce*, son sus *maison closes*, con las más bellas y caras cortesanas, sin olvidar que la ciudad también cuenta con un par de versiones locales del famoso *Hôtel Marigny* tan querido de Proust, para los que gustan de placeres más diversos que simplemente comer de la manzana de Eva. También se sabe de casas para gozos más especiales, a las que se accede solo por invitación y luego de abonar una pequeña fortuna. En esos locales no solo se satisfacen los placeres de la carne. Se sabe bien que es fácil encontrarse con la *fée verte*, o perderse entre el humo del opio a través de las discretas paredes de dichos establecimientos.

Detrás de su fachada de balneario de verano, la ciudad de .... Es pues en realidad un antro donde los ricos son libres de desfogar sus más infames instintos.

No es de extrañar que muchos solteros empedernidos, tanto de las mejores casas de Europa, como simples dandis advenedizos, se encuentren entre los visitantes más comunes de la ciudad. Inclusive hay quienes tienen siempre el mismo cuarto reservado en su hotel favorito. Es habitual verlos derrochando dinero en el restaurante de moda, tomando champagne como quien toma agua fresca y rodeado de varias hermosas mujeres cuyo vulgar comportamiento no concuerda con el lugar. Pero eso no importa, siempre y cuando el *Beau Brummel* de turno, siga gastando su dinero.

Pero sucede que, algunas noches, el caballero decide pasear por las calles antes de llegar a su hotel. Y como nunca de pronto se siente invadido por una gran melancolía al saber que regresará a una cama vacía y que, terminadas las vacaciones, regresará a su inmensa mansión en donde nadie lo espera, pues su amante estará ya en brazos de otro pudiente benefactor. Y perdido en sus pensamientos no se percata de que la madrugada se ha vuelto más oscura y fría, que una pesada bruma lo cubre todo, que los faroles ya no alumbran y que no hay nadie que se cruce en su camino. ¿Dónde están las parejas furtivas abandonadas a voluptuosos embates en una esquina oscura? ¿Dónde están las escasas carrozas que hace solo unos minutos, le ofrecían llevarlo por un cómodo precio? ¿Dónde están los bien vestidos ebrios durmiendo a las puertas de las tiendas cerradas?

El frío le perfora los huesos y su lujosa capa de piel no lo cubre. Trata de ubicarse, de encontrar un edificio familiar que le indique dónde se encuentra. ¿Acaso no conoce la ciudad como a la palma de su mano? Es entonces que se da cuenta de que está perdido. ¿Cómo es eso posible? ¡Perdido en una ciudad que ha recorrido varias veces en completo estado de ebriedad sin extraviarse jamás! La angustia lo invade, corre de un lado a otro en una calle que parece interminable, llama a gritos a un cochero, toca a puertas que permanecen mudas. Se dice que es imposible, que la *fée verte* le debe estar jugando una mala pasada...

De pronto a lo lejos ve una luz. Por fin una casa habitada. Corre hacia ella. Toca a una puerta que se abre en silencio y entra con cautela. Dentro todo está iluminado por candelabros y un delicioso fuego en la chimenea. Algo le recuerda a una casa de su infancia. ¿Quizá la de la abuela? En la mesa de centro hay lo necesario dispuesto para una colación nocturna, frutas, té recién hecho, brandy, algunos pasteles. No se atreve a tocar nada, llama para saber si hay alguien. Nadie contesta. Considera que es un desperdicio dejar todo sin consumir. Total, luego se explicará con el dueño de casa, quien seguro entenderá muy bien. Se sienta frente a la chimenea y se reconforta con los manjares. Pasado un rato siente que sus párpados se cierran, es grande el cansancio luego de tal aventura. Sube las escaleras en busca de un cuarto donde pasar la noche. Un largo pasadizo le lleva a muchas puertas cerradas, sólo una está abierta... y también ocupada. Sobre la cama ve durmiendo a la más hermosa mujer que jamás haya apreciado, su pecho se levanta ligeramente con sus suaves respiros, su voluptuoso cuerpo a penas si está cubierto por sábanas de seda, pues está durmiendo desnuda. Y el caballero olvida la caballerosidad, y se acerca a la bella durmiente con la intensión de tampoco desperdiciar esta ocasión. Y no bien toca a la mujer que esta abre sus ojos rojos como llamas... el desgraciado no sabe que se encuentra cara a cara con la Devoradora de Soledades, un alma en pena convertida en una suerte de súcubo, de quien se dice se suicidó por amor a un señorito que nunca tuvo la intensión en convertirla en su esposa. Se venga así de ellos, de los que lloran una falsa soledad solo para ablandar el corazón de sus víctimas, entre ellos se encuentran algunos hombres casados que se quejan de su terrible matrimonio por conveniencia, cuando en realidad es esa conveniencia lo único que les importa.

Muchos de ellos se han encontrado entre los mortales brazos de la Devoradora de Soledades, lo que ella les hace... nadie lo sabe. Lo que se conoce es por las víctimas encontradas al día siguiente en plena calle. Muchas veces el hombre está muerto; otras, sigue con vida, pero no por mucho tiempo. A todos ellos les falta el miembro viril. Sin embargo, no se aprecia ni un pequeño corte ni una gota de sangre. La hombría, por una suerte de prodigio, ha desaparecido.

¿Cómo puedo saber tanto de tal monstruo?, se preguntará el curioso lector. La respuesta, pienso que la están esperando: yo me encontré con la Devoradora de Soledades.

Hacía pocos meses que había muerto mi adorada Annabel Lee, no podía quitarme de la cabeza la imagen de sus labios ensangrentados por la tuberculosis, del último suspiro que dio entre mis brazos. Hice actos infames, como violar su tumba y llevarme el cuerpo a mi casa. Estuve internado por un mes en un asilo de alienados. El doctor sabía que no estaba loco, pero que el dolor me hacía desvariar. Luego de darme de alta, me sugirió unas vacaciones al lado del mar. Me decidí por la ciudad de ...., casi sin pensar. Allí traté de ahogar el recuerdo de mi amada con alcohol y bálsamos suicidas. Todas las noches dormía con una mujer diferente, ninguna lograba hacerme olvidar la piel querida.

Una noche, asqueado de mi propia sombra, decidí tomar aire fresco y empecé a caminar sin rumbo. Lanzaba gemidos casi animales, pero ni una lágrima se asomaba a mis ojos. Había agotado la última lágrima y lloraba desde dentro. No me preocupó el estar perdido, no me importaba el frío, si entré a esa casa es porque en mi ebriedad la confundí con mi hotel.

La chimenea no lograba calmar mis escalofríos y sin embargo, mi cabeza hervía y repetía sin cesar el nombre de mi amada. No probé bocado, pero bebí todo el brandy que no conseguía hacerme olvidar. Podía ahogarme en un barril de cerveza y aún así lo seguía recordando todo: los besos, su risa, su piel contra la mía.

A duras penas pude subir las escaleras, solo quería poder dormir algunas horas y así quizá olvidar... De pronto pasé por su cuarto, lancé una mirada asombrada hacia la hermosa mujer y quise seguir mi camino. Ella lanzó un suspiro y se movió con levedad, lo que hizo caer la sábana y descubrir su cuerpo perfecto y dibujado. Me acerqué a ella. Recogí la sábana para cubrirla. Al levantar la mirada, me encontré con sus ojos de fuego.

—Perdone —murmuré. —No fue mi intensión despertarla, pero supuse que tendría frío…

—¿No me deseas? —Preguntó con la más dulce voz.

Entonces caí de rodillas, mis ojos seguían sin poder llorar, pero mi voz salía a borbotones entrecortados. Le hablé de mi amada, de los momentos felices, de su enfermedad, de su muerte… Cuando mi voz se agotó, ella me acarició el cabello y me invitó a sentarme a su lado. Ella lloraba por mí, su bello rostro estaba anegado de lágrimas. Me dijo que me entendía. Me contó su triste historia, que me perdonará el lector no contar en esta ocasión, por respeto a la dama que me lo confió. Nos perdimos en nuestros recuerdos, reímos reviviendo los momentos de alegría, nos consolamos por nuestros dolores, nos dijimos que ambos habíamos sido traicionados con crueldad, ella por un hombre, yo por la muerte… al final me quedé dormido sobre su pecho.

Un rayo de sol sobre mis párpados me despertó, la sentí estremecer. De pronto la casa empezó a temblar con violencia. Pensé en un terrible cataclismo, en que debíamos huir.

—Date prisa, vete —me dijo.

—¿Vendrás conmigo? —Le pregunté.

—No. Este es mi hogar. Todas las mañanas regresa al abismo de donde sale. Si te quedas, te hundirás conmigo.

—¿Y no es acaso eso lo que calmaría mi dolor?

—Inocente necio... No sabes lo que dices. Ve, vive y ama de nuevo. Porque te parece que no podrás lograrlo, pero si fuiste capaz de amar, lo volverás a hacer. Quizá no volverás a amar a una mujer, pero amarás. Porque la verdadera soledad es la que te impide compartir con los otros.

La casa empezaba a derrumbar, no me quedaba mucho tiempo.

—¿Volveré a verte?

Ella sonrió por primera vez.

—Nunca, porque nunca estarás solo.

Bajé trastabillando las escaleras y salí de la casa. Un ensordecedor estruendo me hizo cerrar los ojos y cubrirme la cara con los brazos. De pronto escuché el canto de los pájaros. Abrí los ojos. Me encontraba en un parque, no había rastros de la casa. Era como si nunca hubiera existido. Pero muy dentro de mí, sabía bien que no lo había imaginado, que ese encuentro que cambiaría por completo mi visión de la vida, había sido tan real como la muerte de mi amada.

Fui a mi hotel, empaqué mis pocos enseres y regresé a la capital. Allí me dediqué a trabajar en mis escritos, en ayudar a jóvenes que querían incursionar a la literatura, llené mi vida de actividad productiva y aprendí a ser feliz, a pesar de no tener más a mi dulce Anabel Lee conmigo. Su recuerdo me acompaña como una herida que sigue ahí, pero que ya no sangra. Aún recuerdo la ternura de la Devoradora de Soledades y sé que todavía recorre los rincones de sórdidas ciudades en busca de soledades que devorar...

Por eso, si alguna vez el lector se encuentra perdido luego de una noche de copas y le embarga la nostalgia, tenga cuidado, porque se puede encontrar entre sus brazos... y el precio a pagar es muy alto.

LA SOMBRA DE LA MELANCOLÍA

Cristina Mars

(1969, Santiago, Chile). Publicista. Ha experimentado en prosa poética, novela y cuento. También ha escrito varias canciones, tres de ellas grabadas y publicadas por destacados músicos chilenos. Publicó en el año 2014 su novela *"A 30 Segundos del Paraíso"*. Participa en antologías de fantasía, ciencia ficción y terror como *Fantástica,* Poliedro 6 y Confinamiento. Otras participaciones en antología *Historias asombrosas de gatos* y *Thrasher y Otros Ruidos,* libro de cuentos escrito junto al escritor *Armando Rosselot*. Actualmente trabaja en la segunda parte de su novela *A 30 Segundos del Paraíso* y retomó un proyecto de novela fantástica que comenzó a escribir en 1993.

"Desde ahora en adelante solo estarás a mi lado en sueños arrebatados y tus ojos ya no se perderán en la infinidad de los míos. El toque de tus manos no será nada más que una historia envejecida y tus besos se los llevará el viento hasta que se pierdan en la tormenta que desató tu no presencia en mi lóbrega mirada".

Anónimo, Florencia, 1863.

I

Abro los ojos y vislumbro por entre las cortinas de la ventana los primeros rayos del sol. Adoro la alborada, con sus sonidos de pájaros piándole al amanecer y ese mágico olor que brota cuando las gotas de rocío caen sobre las rosas del jardín; todo eso es el brío que necesito.

Hoy me arropo con el vestido rosa pálido con encajes. Hace mucho tiempo que no lo uso, pienso, al dirigirme hacia el armario para preparar mis ropajes. Saco el vestido, me lo pongo cuidadosamente, no quiero que se estropee, hoy podría recibir la visita que tanto anhelo y debo verme adecuada para tal ocasión. Comienzo a abotonarme. ¡Tantos botones que tiene esto! Es bastante tedioso tener que vestirse sola. ¿Cuándo irá a llegar mamá? El estío avanza rápido y extraño nuestros paseos matutinos bajo el sol. Aunque muero por contarle mi secreto, sé que tendré que callarlo eternamente.

Giro hacia el espejo y veo una agraciada señorita de cabellos rubios y rizos bien armados. Mis ojos verdes destacan en la palidez de mi rostro y mi fina nariz es una miniatura que se ajusta perfecto con la simetría de mi semblante. Voy al armario otra vez, me falta calzarme los botines de cuero color marfil y broches de nácar, esos que me gustan tanto. Recuerdo que papá me los obsequió al regresar de un viaje que hizo a la India cuando yo cumplía los trece años. También trajo varios vestidos muy hermosos para mamá. Seda y organza. ¿Dónde los habrá guardado? Hace tiempo que no los veo. Los buscaré, me encanta sentir la suavidad de esas telas en mis dedos.

Voy al tocador, me siento en el banquito y nuevamente admiro mi semblante. Con el cepillo de cerdas suaves peino mis rizos hasta dejarlos listos para tomarlos con delicadeza y hacer el peinado más elaborado que podría hacer yo sola, dado que, ni mamá ni la señora Matilda se encuentran en casa. ¿Dónde está el broche Tremblant?, digo en voz alta mientras busco dentro de las cajitas y joyeros que hay encima del tocador. Quiero prenderlo en el borde del escote de mi vestido, se vería bonito, necesito encontrarlo. ¿Por qué la señora Matilda me revuelve todo? De seguro fue ella quien lo guardó donde no debía y ahora no lo puedo encontrar. Siempre me mueve las cosas, ayer no pude encontrar mis pendientes de perlas y hace unos días, vaya, no puedo recordar hace cuánto tiempo, pero tampoco encontré el collar de coral rojo que me regaló mi adorado Giovanni en la última navidad. Lo extraño, pienso. Lo extraño mucho. El tiempo sin verlo se hace eterno y pesaroso.

Brunetta, estás lista, digo en voz alta mientras me dispongo a dejar mi habitación para bajar al primer piso.

Me siento junto a la ventana y veo los carruajes pasar. Permanezco horas viendo a las personas caminar frente a mi casa. Hoy no tengo ganas de leer un libro de romance o de misterio, ni tampoco continuar con el bordado que aún no termino, solo quiero seguir con la mirada a los caminantes mientras imagino sus historias.

La tarde llega a su fin y el crepúsculo inunda el paisaje. Guardo en la cesta el bordado que ni siquiera he tocado y lo dejo junto a la ventana para quizás mañana, si estoy de ánimo, retomar la labor. Sentada en el sofá de tapiz burdeo, me pongo a recordar la primera vez que me sonrojé cuando Giovanni me hablaba. Eso nunca me había sucedido de pequeña, aunque, al convertirme en una señorita, en mi forma de mirarlo hubo una transición. Sus ojos color del mar me parecían los más hermosos. Lo alto que era, sus elegantes modales, su forma de hablar tan elocuente… todo en él me cautivaba.

II

Despierto otra vez. El trinar de las aves en el albor de la mañana hoy me sobrecoge y, en mi corazón, se acurruca un sentimiento de nostalgia. Estoy segura que por la tarde vendrá Giovanni, me ha prometido que no dejará pasar más de una semana sin visitarme. Siento su presencia en el aire aun cuando él no está. Su aroma a lavanda y limón me estremece.

Me visto de terciopelo y muselina, preparándome para cuando aparezca. Mientras arreglo mi cabello, recuerdo el toque de sus labios en mi mano cuando se despidió la última vez, ese toque que hizo que me sonrojara imprudentemente una vez más, aun sabiendo que era indebido. Mamá no sospecha nada, la abuela tampoco. Papá pasa tanto tiempo viajando que es imposible siquiera que le surja un atisbo de duda. La familia está tranquila.

Los quehaceres diarios me cansan, estoy agotada. Paso el día de arriba para abajo sin parar. Debo ordenar la biblioteca de papá, organizar todo en la cocina, preocuparme del vestidor de mamá. Llega el anochecer y es otro día sin la presencia de Giovanni. Un suspiro anhelante me dice que es hora de subir a mi habitación una vez más.

Recostada sobre la cama cierro los ojos. No puedo dormir. Los recuerdos me invaden otra vez y revivo aquél día cuando lo vi en la puerta de entrada ingresando a casa. Se sacó su elegante sombrero y dejó el abrigo en el perchero. Yo lo observaba tímida desde la escalera hasta que de pronto mamá me descubre y me hace bajar para saludarlo. Doce años contaba yo y él me había traído un regalo. Chocolates, no caramelos. Chocolates se les regalaba a las señoritas, caramelos a las niñas. ¿Pero por qué se ha ausentado tanto tiempo?, pienso mientras abro los ojos de nuevo. Necesito su compañía, necesito sus miradas en secreto, esas que nos dedicamos cuando mamá no está poniendo atención. Necesito sus cartas escondidas entre los libros de la biblioteca de papá, esas cartas de prosa insinuante y sugerente que me ruborizan, las que ubicamos cuidadosamente en aquellos lugares que jamás nadie descubrirá, porque sólo nosotros conocemos el código secreto. Necesito el delicado toque de sus labios en los míos. ¿Cuándo te presentarás de nuevo ante mí, querido Giovanni?

III

Amanece. Debo levantarme pronto y preparar mi atuendo, estoy segura que hoy vendrá el hombre dueño de mis suspiros. Vestiré algo recatado, no quiero parecer ansiosa. ¿Para qué me engaño? ¿Si mi ansiedad crece día tras día? Ha pasado... ¿cuánto?... no lo sé, no puedo recordar y eso me angustia. ¿Por qué no regresa mamá? Y la señora Matilda, ¿por qué no está? Que yo sepa no ha pedido vacaciones, solo se ha ido. Mamá la reprenderá cuando vuelva, no tiene derecho a marcharse así. Además, papá está en viaje de negocios otra vez. Pero, ¿cuándo regresará? Seguro me trae algún lindo obsequio como siempre. Ansío su regreso.

Me siento frente a la ventana otra vez. Veo la gente pasar. Los cascos de los caballos golpean los adoquines y los carruajes pasan veloces frente a mí levantando las hojas amarillas que ya van dejando caer los árboles. Quiero salir, extraño mis paseos en el parque del frente al que voy por las tardes con Giovanni y mamá. Los tres, siempre juntos. Sé que a mamá no le importa que venga tan seguido de visita; ella lo adora.

El arrebol se extingue lentamente mientras la nostalgia se hace presente. Siento frío, mucho frío. Otro día más sin ver al hombre que amo en contra de la voluntad de Dios. Me quedo con el recuerdo de las marcas de sus manos tocando mi piel por primera vez, mientras me hacía estremecer entre sus brazos y me besaba con pasión, la más dulce pasión que concretó nuestro amor aquel día en que, estando solos en casa, sin mamá haciendo de chaperona ni la señora Matilda inmiscuyéndose en cosas de familia, me entregué a él.

Nunca imaginé que se pudiera amar tanto, mi corazón parecía explotar cada vez que estábamos juntos, pero debía fingir y jamás demostrar mi dicha. Nunca, en mis 17 años, había sido tan feliz. Él me ama, me lo ha dicho tantas veces mientras nos robamos besos a escondidas. Deseo estar a su lado para siempre. Cuando llegue nuevamente tendremos que planificar sin que nadie se dé cuenta, debemos ser cuidadosos.

IV

Otro día comienza. Me levanto y me arropo con un vestido más grueso y abrigado. Tengo que organizar la cocina, los libros de papá deben estar limpios y ordenados para cuando él llegue. Las ropas de mamá deben recibir la brisa matinal, aunque el invierno esté por comenzar, para mantener las telas frescas y en buen estado. Me acerco a su vestidor para sacarlos, pero al abrir la puerta veo que no están. Esto es muy extraño. ¿Cómo se iba a llevar todos sus vestidos al viaje?... ¿dónde iba?... no recuerdo. Un frío intenso me invade y me hace estremecer. Debo encontrar sus vestidos, estoy muy confundida, todo me da vueltas en la cabeza, mi respiración se acelera y siento náuseas. Debo salir. Corro escaleras abajo hacia la biblioteca de papá. Entro y con terror en mis ojos veo que sus libros han desaparecido, solo uno queda y está abierto en el piso. Las traducciones de Baudelaire parecen desaparecer en aquellas hojas. No puede ser, ¿por qué no encuentro nada? No entiendo. Angustiada corro hacia la cocina, unas pocas ollas y sartenes están en el suelo. Hay copas de cristal quebradas y la fina vajilla china de mamá no está en la vitrina. Avanzo, voy a la alacena, doy vueltas y caigo de rodillas, todo está vacío. Me levanto y veo con horror que mi vestido es otro, no el que vestí recién. El tafetán rosa me envuelve nuevamente, pero esta vez el collar de coral color carmesí rodea mi cuello. Miro hacia abajo y mis botines favoritos están allí, calzando mis pies.

Salgo corriendo de la cocina y voy al hall de entrada. Pienso desesperadamente en Giovanni. La familia. Grito su nombre. Giovanni debe venir hoy, tengo algo que decirle, no puedo esperar más tiempo. Debemos hablar con la familia. Es muy importante, por favor que se presente, siento que pierdo la razón.

Debo alcanzar la puerta principal, tengo que salir, debo ir a buscarlo. Trato de moverme pero no avanzo. Siento que floto. La puerta, hago un esfuerzo y ya casi la alcanzo. ¿Por qué me ha costado tanto llegar hasta aquí? Tomo la manilla pero no puedo tocarla. Presa del terror lo intento de nuevo. Nada. Caigo de rodillas nuevamente y recuerdo, ya no puedo evitarlo más y, entre gritos ahogados que nadie escucha, reconozco la verdad que siempre ha estado frente a mis ojos: el amor por la propia casta es el pecado más horrendo de todos. La culpa se hace presente y me invade llanamente. Ahora mi alma yace destrozada por la enorme melancolía de saber con certeza que nunca veré crecer mi vientre.

* * * *

Con el peso de la verdad sobre mis hombros me levanto para enfrentar la fatalidad a la que estaba predestinada. Giro y veo a Giovanni de pie en el vacío hall con la mirada perdida. Va hacia la biblioteca y yo lo sigo. Lo veo recoger el libro de asombrosas narraciones que con sus páginas abiertas yacía en el suelo. Lo mira con nostalgia y lo estrecha en su pecho. Camina entre los pocos muebles que ahora cubren blancas sábanas. Va a la sala de estar y se sienta en nuestro sofá predilecto, ese donde siempre nos acomodábamos cuando venía de visita a ver a mamá, su hermana favorita, su dulce Georgina, como la llamaba con tanto cariño.

Estoy frente a él. Se recuesta sobre la blanca funda que cubre el sofá y pone el libro sobre su pecho. Lo abraza con fuerza, no lo quiere soltar porque es ese libro especial donde ocultábamos las cartas que declaraban nuestro amor. Ese libro que nos unió desde nuestras primeras miradas para nada recatadas, las que disfrazábamos de total inocencia.

Finalmente, mi amado Giovanni cae en un profundo sueño mientras aquellas historias extraordinarias reposan sobre él, y yo, como si fuera su melancólica sombra, me quedo junto a él.

V

Brunetta fue la única hija de Fausto y mi hermana Georgina. El haber amado profundamente a mi hermosa sobrina terminó por traer la tragedia y la desgracia a la familia, cuando, con solo diecisiete años, ella se quitó la vida al enterarse que esperaba un hijo engendrado por el amor y la pasión que nos unían. El peso de aquel pecado sobre su conciencia, y mi cobarde apocamiento, la llevaron a tomar la decisión más trágica de todas. La culpa que la hice padecer, al haberla amado, la consumió y atormentó hasta que, en su desesperación, una noche tomó un cuchillo y cortó sus muñecas. La mañana siguiente fue encontrada por el ama de llaves de la familia, tendida sobre un charco de sangre en el piso de la cocina y entre sus ropajes había una carta donde explicaba la razón de su fatal decisión. Ese día mi corazón dejó de latir, así lo siento. Era tanto el amor que sentía por ella, que cuando acabó con su vida, la mía ya no tenía a qué aferrarse. Nada podría aplacar el dolor que sentí aquel triste y sombrío día.

Mi querida y adorada hermana junto a Fausto, desconsolados, prepararon su funeral rápidamente para luego viajar a Sudamérica y así alejarse del dolor y la tristeza de haber perdido a su única hija por culpa de nuestra impura unión, lo que la llevó a cometer el pecado más horrendo.

Mi amada Brunetta fue enterrada, con nuestro

hijo aún en el vientre, el mismo día que yo cumplía mis treinta y dos años. En el féretro, yacía ataviada con un vestido de color rosa pálido que la hacía ver grácilmente bella, tal como lo fue en vida. Adornaban el atuendo su broche Tremblant y, el collar de coral rojo que yo le había regalado la última navidad, rodeaba su delicado cuello. En sus pies calzaba botines de cuero color marfil y broches de nácar. Sus rubios cabellos fueron peinados con delicadeza en un tocado digno de una princesa, esa princesa de la cual me enamoré perdidamente y que estará por siempre en mi atribulada memoria. Sé que me consumiré en la culpa y el arrepentimiento, quizás ese fue siempre mi destino. Sé que la sombra de la melancolía se quedará junto a mí hasta la hora más oscura y que un sufrimiento constante acompañará mi existencia al no tenerla a mi lado nunca más. Pero el dolor más intenso en mi alma es tener la certidumbre de que, mi dulce Georgina y Fausto, aunque mi adorada Brunetta haya cometido el imperdonable pecado de amarme, la llorarán en un luto sin consuelo hasta el fin de sus días.

No hay redención. El infierno aguarda por mí.

EL RETORNO DE LA MOMIA

Daniel Salvo

(1967, Ica, Perú) Editor de la página web, posteriormente blog "Ciencia Ficción Perú" desde el año 2002. Redactor de la columna "Mundos imaginarios" en el diario El Peruano. Autor del libro de cuentos *"El primer peruano en el espacio"*, publicado en 2014 por la editorial Altazor. Ha dictado talleres de redacción de narrativa fantástica, y participado en diversas antologías. Su narrativa pone énfasis en hacer ciencia ficción con elementos autóctonos, aunque "a la manera" de los autores norteamericanos de la era de Campbell. Ha sido traducido a varios idiomas.

(En el año 1943, un incendio consumió gran parte de la Biblioteca Nacional del Perú, la cual tuvo que ser reconstruida. Aunque gran parte de su acervo documentario se perdió para siempre, algunos valiosos manuscritos e incunables lograron salvarse de las llamas, aunque de manera incompleta.

Lo que sigue es la transcripción de un manuscrito del cual sólo han quedado escasos fragmentos. Su estado de conservación es lamentable. Tocar sus páginas conlleva el riesgo de convertirlas en polvo, por lo que han sido depositadas en una botella sellada herméticamente, a la espera de que el avance de la ciencia y la técnica en el futuro permita su restauración.

Dados los extraordinarios sucesos narrados en el manuscrito, consideramos de suma importancia que se investigue todo lo relativo a su origen e implicancias. —Andrés Viccina, Bibliotecario).

(...) ni en estas remotas tierras del Perú está uno a salvo de parientes locos y molestos. Si bien es un alivio su relativo aislamiento, no es menos cierto que Lima, su capital, está más cerca de Londres que de ciudades como Cusco o Arequipa, lugares donde debía haberme asentado. Culpa que estoy pagando, al recibir el patrimonio de uno de mis tantos tíos locos, los que dilapidaron el dinero de la familia en expediciones inútiles y búsquedas intrascendentes, cuyo único resultado fue llenar de baratijas a los museos de Europa y Estados Unidos.

El cargamento que llegó a mi casona del distrito de Magdalena consistía en una serie interminable de cajas de madera selladas por los cuatro costados, las cuales, confieso, abrí lleno de curiosidad en un principio. Casi todo eran plumas, adornos y vestidos viejos que alguna vez brillaron en los salones de los mejores hoteles del mundo. ¿Qué podrían importarme a mí? Maldecí al tacaño de mi tío, que al parecer, más que heredarme sus bienes, había optado por deshacerse de lo que le sobraba, cuando me encontré frente a la última caja, cuya forma me recordó más bien a un ataúd. Cansado y aburrido, decidí postergar para otro día su examen, y me dispuse a abandonar el depósito en el cual la habían colocado.

Un sonido parecido a un maullido de ultratumba escapó de aquella caja. Confieso que mi piel se erizó por el miedo, teniendo que hacer acopio de fuerzas para recordar que, como catedrático del curso de filosofía positivista en la Universidad de San Marcos, debía analizar el fenómeno desde todos sus ángulos. Una mente como la mía no podía caer en la superstición. Algún pobre animal debió haber quedado atrapado en la caja, me dije. Debía abrirla cuanto antes.

Fue al acercarme hacia aquella caja que volví a oír

otro sonido, tan aterrador como el primero:

—Hola, ¿hay alguien ahí afuera? ¿Alguien puede oírme? ¿Hola? —insistió la voz.

¡Había alguien atrapado en aquella caja, un ser humano, varón a juzgar por su voz! ¿Cómo podía ser aquello posible? La caja tenía sellos postales y de aduanas de muchos lugares, era evidente que no había sido abierta en mucho tiempo. ¿Cómo había podido sobrevivir aquel sujeto?

—Oiga, ¿me escucha? Voy por un escoplo y una garrucha, para sacarlo de ahí. No se desespere.

Aunque de inmediato pensé que, si había estado encerrado en aquella caja durante tanto tiempo, bien podía resistir un poco más.

Conseguí lo necesario, y acometí la caja con cuidado. Ni bien pude levantar la tapa, un olor acre y alcanforado escapó del receptáculo. Adentro, se veía una cantidad inusitada de virutas de aserrín.

Súbitamente, una forma humana se incorporó de la caja, quedando sentada frente a mí. Era algo —o alguien— inconfundible. ¡Una momia egipcia!

Estaba tan bien conservada que la altiva sonrisa que me dedicó podría haber sido portada de una revista de modas, aunque su porte y elegancia distaba mucho de los chillones ejemplares de hombres y mujeres que infestan dichas publicaciones. Con todo, consideré de buena educación mostrar un poco de asombro.

Por la perplejidad que evidencia su rostro, me doy

cuenta de que necesita, no una, si no muchas explicaciones. Evidentemente, no estamos en una situación cotidiana.

Me sentí tentado de decirle que, tras haber administrado diversas dependencias públicas del país, había visto de todo y acaso más, y que más pronto que tarde había adquirido la característica propia de todo buen funcionario: saber hacerme de la vista gorda. Pero no estábamos en una dependencia estatal, sino en mi residencia, y la velada que me había dispuesto a pasar tras haber desempacado aquellas cajas se veía ahora cancelada por la presencia de un huésped inesperado, ¡Adiós, amigos, adiós! Jueguen sin mí en lo de Pierre...

Tan ensimismado estaba en estas y otras consideraciones, que había pasado por alto dos cosas muy evidentes. Una, que mi visitante estaba completamente desnudo. La otra, que desde el principio se había expresado en el más pulcro inglés, aunque pude percibir un acento que me sonó familiar. Deseé que los amigotes del club hubiesen estado ahí para atestiguar aquel prodigio. Siempre critican mi falta de habilidad para los idiomas.

La momia continuó hablando:

—Permítame que me presente. Mi nombre es Allamistakeo, miembro de una de las familias más nobles de Egipto. No del Egipto barbárico que ustedes, bárbaros entre los bárbaros, recién están conociendo con sus excavaciones y saqueos, sino del mismísimo país del padre Nilo. De la familia del Escarabajo, para ser más precisos —terminó con un retintín burlón.

—¿Ya hablaban inglés en esa era tan remota? —pregunté de manera que intentaba ser educada. Allamistakeo, en cambio, abrió los ojos como platos e hizo ademán de atizarme algún tipo de golpe, pero se contuvo. De todas maneras, la ira se reflejaba en el rojizo rostro.

—¡Hablábamos el perfecto lenguaje de la creación, que las posteriores generaciones del hombre han perdido! Una lengua que hasta las primorosas aves del paraíso pueden entender, mas no así los hombres de estos tiempos, ignorantes de la verdadera historia de la humanidad, a juzgar por los mitos y religiones modernos. Puedo hablar inglés porque fui restituido a la consciencia por un grupo de bár... de educados hombres de los Estados Unidos de América, con los que tuve que convivir durante un tiempo. Entre ellos, un pariente suyo. No eran tan grotescos como algunos de los hombres de otras latitudes que tuve ocasión de conocer cuando vinieron a verme, pero he de confesar que en cualquier época siempre será tedioso tratar con gente simple que sólo parece vivir pendiente de la comida y la bebida, o de los chismes de sus contemporáneos, que ahora llaman noticias... ¡qué desperdicio de papiros!

Asentí con un suspiro de circunstancias, escondiendo de manera disimulada la edición vespertina del diario, así como la carta con el menú del restaurante del club. En aquel momento, habría dado cualquier cosa por tener a la mano mis partituras de piano o cualquier libro en francés.

Apenas atiné a preguntar:

—¿Y cómo fue que vino a dar aquí?

La momia puso cara de circunstancias. Estaba por hacerle notar que no era algo usual encontrarse con una momia egipcia entre los bártulos traídos desde los Estados Unidos de América por una línea de vapores, cuando, empleando el tono entre monocorde y condescendiente que empleamos cuando hablamos con un niño, me narró una historia larguísima y por ratos aburrida, la cual empezó con sus paseos infantiles en el Egipto milenario, pasando por soporíferos detalles del proceso de momificación al que había sido sometido, culminando con su resurrección —llamémosla así— en casa de un tal Ponnonner, en la cual había participado mi pariente.

—Una vez que fui despertado por su pariente y aquellos amigos suyos, allá en el norte, el suceso generó un gran revuelo, como no podía ser de otra manera. La institución para la que trabajaban esos hombres tuvo que implementar medidas para mi seguridad. Mientras tanto, como no podía ser de otro modo, hice rápidos progresos aprendiendo a hablar y leer en inglés, un idioma derivado de una lengua que se hablaba en unas islas que mi pueblo jamás se interesó en colonizar... El caso es que muy pronto ya podía tener acceso a los libros que, a mi juicio, eran los más interesantes de su biblioteca...

—¡Las grandes biografías! ¡Los tratados de medicina! ¡El arte de hacer dinero! —exclamé, sin poder ocultar mi excitación.

Allamistakeo me miró como quien contempla a un insecto.

—Los libros de historia, obviamente. Ahí estaba todo lo que había ocurrido durante los milenios que siguieron a mi entierro. Quería saber de mi pueblo, pero también lo que los hombres habían hecho en otros lugares del mundo. Lo resumiré así: nada hay en la humanidad de ahora de lo que puedan enorgullecerse de haber descubierto o inventado, pues todo tiene o tuvo un equivalente en lo que ustedes llaman antigüedad. Sólo que antes el aire era algo más impoluto.

Puse cara de suficiencia. Aquella momia pretenciosa estaba empezando a irritarme. Ignorándome olímpicamente —o egipciacamente—, continuó:

—Leí de los cambios, de cómo mi pueblo se extinguió hacía tanto tiempo, para luego ser reemplazado por unos advenedizos a quienes ustedes creen egipcios. ¡Ja! Y todo lo demás, como cuando cayeron en la barbarie y olvidaron que el mundo era redondo, o cuando se perdió la comunicación entre los continentes y tuvo que ser restaurada por Colón y sus piratas. Me aburrió leer cómo fueron redescubriendo cosas tan elementales como la electricidad o la astronomía, o a iluminar las ciudades por las noches. Ah, y viajar por los aires... En fin, esas lecturas mejoraron mucho cuando —¡al fin! —tocaron asuntos distintos a la historia de Europa y sus supuestos logros. Supe así de muchas cosas realmente interesantes, sobre todo lo concerniente a Perú.

Salté de alegría. ¡Por fin aquella momia decía algo bueno de un país que no era el suyo! Me henchí de orgullo. Perú, Perú, la Perla del Pacífico, el país de...

—En cuanto supe de su localización, y cómo llegar, solicité a aquellos sujetos que me trajeran. ¿Y qué cree usted? Volvieron a hablarme de las supuestas maravillas de su país. De sus rascacielos, de sus ferrocarriles, de sus conquistas militares, y que yo debía conocer todas esas supuestas maravillas. Comprendí que estaba condenado a pasar el resto de mi existencia, al menos durante ese siglo, como su prisionero. Una perspectiva que, por cierto, me llenó de pesadumbre.

De manera distraída, miré al reloj de pared. Definitivamente cualquier posibilidad de pasarla en mejor compañía se había esfumado. Yo también me llené de pesadumbre. La momia continuó:

—Para colmo, tuve conocimiento de que un grupo de supuestos hombres de ciencia habían planeado volver a dormirme y exhibirme en aquel museo. Más, pronto di con una solución. Fingí que accedía a sus planes, tras lo cual habilitaron unas instalaciones en el museo para que pudiese mudarme ahí, lo cual hice. Cuando este quedaba a oscuras, me dediqué a explorarlo. Tal como había supuesto. En sus sótanos había innumerables cajas y sarcófagos, con y sin momias. ¿Qué mejor lugar para esconderme? Una vez seleccionado mi nuevo lugar de reposo, fue cosa de ponerme en trance auto inducido y esperar unos cuantos años.

* * *

Cuando volví a despertar, descubrí que, tal y como lo había previsto, los hombres que se habían arrogado el papel de mis guardianes ya habían muerto, y que las nuevas autoridades apenas recordaban mi existencia. De ahí, fue solo cosa de etiquetar una caja con destino a Perú, consignando como destinatario a algún pariente de uno de aquellos impertinentes, introducirme en la caja, volver a dormir, y esperar... Y aquí me tiene usted —concluyó triunfalmente—.

No pude menos que admirarme por la resolución y astucia que había demostrado Allamistakeo, quien parecía un tipo, si bien algo pedante, capaz de sobreponerse a cualquier circunstancia. Estaba imaginando mil y una maneras de sacar provecho de su presencia en mi casa, cuando volvió a interrumpirme con una petición de lo más prosaica:

—Hace algo de frío. ¿Sería tan amable de proporcionarme alguna prenda de vestir?

Me llevé una mano a la cabeza. Irritante o no, aquel

egipcio no merecía permanecer así, casi desnudo —traía puesto un taparrabo de algodón algo percudido, nada que un buen detergente no pudiera arreglar—, y justo en agosto, cuando hace más frío en Lima, y cualquier chiflón puede mandarlo a uno a la cama presa de fiebres y resfriados.

—Disculpe usted mi falta de educación. Puedo llevarlo a mis aposentos, donde podrá escoger el atuendo que más le guste.

Muy amable de su parte, su pariente y sus amigos del norte me proporcionaron ropajes que me parecían algo circenses...Pero, mi buen señor, ¿podría ponerme aquellas ropas? Las que están junto a esas cajas...

Miré en la dirección que me había indicado. Era una caja proveniente de una excavación local, en la cual se habían encontrado artefactos y tejidos en perfecto estado de conservación. Unkus, waras, ponchos, calzados de cuero de llama... Todo un ajuar, acaso perteneciente a un noble local. Me enorgullecí, a pesar de que, en Lima, nadie se vestiría así.

—Ejem... ¿No preferiría usar algo más... moderno?

Allamistakeo enarcó una ceja, al tiempo que hacía un gesto adusto. Luego dijo:

—¿La ropa que viste usted le parece moderna y acaso propia de un caballero? De donde yo vengo, los estibadores y mendigos preferirían andar desnudos antes de vestir semejantes prendas.

Amoscado, yo mismo le ayudé a vestir aquellas prendas, que, asombrosamente, le sentaron muy bien. Se miró a sí mismo en un espejo que me apresuré a traerle, haciendo un inequívoco gesto de satisfacción cuando hubo terminado.

—Y ahora, señor mío, me despido de usted. —fueron sus sorprendentes palabras.

—¿Cómo, así tan pronto? ¿A dónde se va? ¿No que le fascinaba el Perú?

—Oh, creo que cometí un error al expresarme. ¿El Perú? No me interesa para nada un país, una cultura que, por lo que he visto, hace de las apariencias y la imitación de lo extranjero un modo de vida, ustedes quieren ser algo que no son. Yo me refería al antiguo Perú, la gloria del mundo...

—Pero, ¿y usted?

—¿Yo? Pues resulta que el antiguo Perú, el Piro, el Ophir, es la Madre Patria de donde surgieron Egipto y otras verdaderamente grandes civilizaciones. Es lo que he venido a buscar. Aún recuerdo las cartas que nos enviaban nuestros parientes. Iré al sur, a la península de Paracas, donde seguro me reencontraré con algunos de ellos.

—¡Pero si las momias Paracas están hechas polvo! —protesté inútilmente.

—Las superficiales, no lo dudo. Pero hay otras... ¡adiós! —se despidió con una gran sonrisa.

Me dejé caer en un canapé. ¡Una momia egipcia,

caminando por Lima, vestida con ropajes prehispánicos! Era preciso avisar a la policía (...)

(Hasta aquí llega el texto, lo demás son hojas chamuscadas, frágiles en extremo. También es de lamentar que muchas páginas del texto estén llenas de garabatos y/o figuras en sus márgenes).

EL ESPEJO ESCARLATA

Hemil García Línares

(1971, Lima, Perú) es licenciado en periodismo por la universidad Jaime Bausate y Mesa y magíster en español por la universidad George Mason donde trabaja como instructor de español. Es profesor de español en George Mason HS. Publicó *Cuentos del norte, historias del sur* (2009); las novelas *Sesenta días para abandonar el país* (2011), *Aquiles en los Andes* (2015) y *El azul del Mediterráneo, un viaje ancestral* (2019); las antologías, *Raíces latinas* (2012), *Exiliados* (2015), *Mirando al sur* (2019). Dicta talleres de Escritura Creativa en el Taller de Escritura Creativa de Lima (Perú) y en el Centro de Posgrado y estudios Sor Juana (México).

"La furia de un demonio instantáneamente me poseyó. Ya no me conocía a mí mismo. Mi alma original parecía, e inmediato, tomar su vuelo de mi cuerpo..."

—Edgar Allan Poe

La tarde en la que mi madre y yo llegamos a casa desde el Centro de Lima, fue el preludio ominoso de lo que sucedería en los días venideros. La vida desde aquel instante ha sido de pesadillas recurrentes en las que estamos mi madre y yo frente al espejo escarlata. Hoy aquella pesadilla es más real y se ha apoderado de mí para siempre.

Cuando entramos a casa, lo recuerdo como un film de horror en blanco y negro, miramos el espejo de la pared que apuntaba hacia la puerta de la entrada. Fue un día especial porque veníamos de comprar en Scala gigante de Lima. Mi madre me había comprado un robot rojo y amarillo, un blue jeans y una camiseta de fútbol por la Navidad. También me regaló un libro.

¿Cómo apareció el espejo escarlata en casa?

Una noche de diciembre alguien tocó la puerta y

mi madre la abrió de prisa. En la puerta estaba una anciana de ojos extraños que dijo estar rematando un espejo muy fino y mi madre le señaló que no, pero la señora insistió: déjeme mostrárselo al menos.

Mi madre accedió con desgano aunque su rostro cambió al ver el espejo con bordes de madera pintados de rojo y negro. La anciana, como en truco de magia, había sacado el cuadro de una funda oscura.

—¿Por qué el color rojo es tan chillón? No me gusta mucho —dijo mi madre.

—No es rojo. Es escarlata y es elegante. Es un espejo muy antiguo —sentenció la anciana.

—¿Sí? ¿Cómo sabes? —preguntó mi madre con sarcasmo.

—Mi madre lo heredó de mi abuela y esta de su padre. Debe ser al menos de 1800.

—Vaya, una antigüedad... ¿Cuánto quieres por el espejo?

—Diez soles —dijo la anciana sin miramientos.

—¿Diez soles?¿Crees que soy banco? Por diez soles me compro algo nuevo.

—El precio del espejo es muy caro. La madera es caoba y le perteneció a la iglesia...

—¿Y yo tengo que pagar el diezmo?

—Señora, ¿cuánto me ofrece?

—Te doy cincos soles ahora mismo.

—Seis y hacemos trato —argumentó la anciana.

—Solo tengo cinco.

—Bueno, quedemos en cinco, pero regresaré algún día por más…

—Toma los cinco antes que cambie de opinión —zanjó mi madre alcanzándole un billete. La anciana guardó el dinero, dejó escapar una risa torcida y se fue.

Desde que mi madre colgó el espejo escarlata la sala adquirió un aspecto extraño. El espejo era hermoso, cierto, pero tenía en cada borde, en la pintura y en los adornos de las esquinas algo indescifrable y oscuro que aterraba y a la vez atraía.

El marco superior del espejo tenía dos marcas: fallas naturales de la madera o parecían dos quemaduras hecha con algún metal caliente. Visto con detenimiento parecían dos ojos, muy cercanos el uno al otro, las pupilas de un rostro muy angosto, casi como un dibujo mal trazado de adrede.

Primero no lo noté, pero mi madre empezó a tomar más café de lo normal. ¿Cómo lo sabía? Porque traía una taza y luego otra, el aroma del café inundaba la sala y las manos le temblaban.

Mi madre era cariñosa conmigo, pero desde que el espejo invadió la sala, ella se quedaba sentada en un estado catatónico sin pronunciar palabra. Al oscurecer me iba a mi cuarto y luego de cepillarme los dientes, ella me duchaba y me ponía el piyama y contaba nuestro cuento favorito. Esa noche y las siguientes no me contó historias y en la tina, como una autómata, me pasaba la esponja mirando a la nada y en silencio.

Una noche no vino a mi cuarto y me quedé sin bañarme. Cuando fui a verla a su habitación, toqué la puerta y la llamé, pero no contestó. Era muy pequeño y quizás imaginé que estaba enferma. Esa noche me puse el piyama como pude y demoré mucho en desamarrarme los zapatos o tal vez me los quité jalándolos del talón.

Por la mañana mi madre tenía mejor semblante, aunque dijo que tuvo pesadillas.

—¿Por qué tenemos pesadillas, mamá?

— A veces pasa cuando no rezas —me dijo.

Luego del desayuno nos fuimos a la calle hasta el Centro de Lima a dejar postales de navidad y después me compró mis regalos en Scala Gigante. Recuerdo que pasamos por una librería y me llamó la atención un libro con dibujos de murciélagos y otro donde había un pájaro negro.

—¿Qué pájaro es ese mamá?

—Es un cuervo —me contestó.

—¿Un *libros* con dibujos?

—Es Poe, son historias de miedo.

—Me gusta ese *libros*.

—Se dice libro, hijo. Libro.

—Me gusta el libro.

—Es un poco avanzado, pero ya empiezas la escuela pronto.

Entonces mi madre agarró el libro y me lo compró. No recuerdo todos los detalles, pero sí recuerdo el libro porque hasta ahora lo tengo conmigo, ennegrecido y derrotado por el tiempo.

Camino a casa fui mirando los cuervos, un gato negro, un péndulo, una casa inmensa. No entendía mucho y le iba preguntando a mi madre y me iba explicando.

—Mira ese es el gato negro... ¿te gusta? Pronto será navidad, hijito.

Ah, cómo recuerdo ese día y las palabras que mi madre usó. Mientras viajábamos en el bus puso su mano sobre mi cabeza y sentí todo el amor del mundo posarse sobre mí. Quería llegar a casa para jugar con mi pelota y mis soldaditos. Era la primera navidad de mi vida en la que entendía de qué se trataba todo: el niño Jesús nacía en Belén, sus padres eran José y María, eran tres Los Reyes Magos y mi madre compraba los regalos que luego "me daba" el niño Jesús.

Al llegar a casa, mi madre puso las bolsas en el suelo y al abrir la puerta vimos el espejo escarlata brillando y la imagen más aterradora que vi en mi vida: una persona idéntica a mi madre con sus mismas ropas. Mi "otra" madre se burlaba de nosotros, gritaba lanzando insultos y los cabellos se levantaban como llamas de fuego. Mi madre cayó al piso con medio cuerpo afuera de la casa. Yo quise jalarla del brazo, pero pesaba mucho y empecé a gritar; mi mamá, mi mamá. Vecina, vecina, repetía sin saber qué significaba eso. Mi madre saludaba así a la señora del costado: "vecina, buenos días". Quizás pensé que era su nombre. La vecina y otras personas vinieron y me preguntaron qué había pasado.

—Mi mamá estaba en el espejo y se cayó —dije.

—¿Dentro de la casa? ¿Salió corriendo y se cayó en la puerta? —me preguntó el señor Villar, el dueño de la tienda de enfrente.

—Mi otra mamá estaba en el espejo gritándole a mi mamá —intenté explicarme.

—Creo que el niño tiene fiebre —dijo la vecina.

—Señora Berta, agarre al niño. Esto es cosa de hombres.

—Esto es del diablo —dijo la señora Berta, la vecina.

—Tonterías —dijo la señora Villar.

—Vamos, mujer —le ordenó el señor Villar a su esposa.

Más demoraron en entrar que en salir. Al traspasar la puerta, los vecinos se desplomaron vomitando espuma.

—Voy a buscar al padre Julián —dijo doña Berta.

El padre Julián era un señor muy alto y blanco, con lentes. Siempre viajaba en bicicleta y hablaba raro. Mi madre decía que era de Francia.

El padre Julián vino de prisa y mientras agarraba su biblia y una botellita con agua dijo que no hablen majaderías sobre el demonio.

Más demoró en entrar que en salir. Al traspasar la puerta, el padre Julián se desplomó vomitando espuma.

Al rato el padre Julián despertó aduciendo que el

calor de diciembre era muy fuerte y que estaba agotado de tanta confesión. La entrada de la casa olía como a quemado.

Mi madre y yo entramos a casa y la señora Berta le pidió las ropas que tenía puestas.

—Las voy a quemar, vecina— dijo la señora.

La vecina volvió media hora después y se quedó en casa para dormir con nosotros.

Por la mañana la vecina nos despertó. Había comprado el pan y nos sirvió café con leche y una tortilla de huevos.

—Yo creo que esa alma ya se fue —dijo la señora Berta.

—El padre Julián dijo que no creyéramos en eso.

—Por favor, vecina, póngase esta cruz en el cuello —suplicó la señora Berta y le dio una cruz de madera a mi madre.

Mi madre la recibió y luego de despedir a la vecina la guardó en su cajón.

El día transcurrió normal y envolvimos algunos regalos. Casi al oscurecer mi madre volvió al estado catatónico de días anteriores. Sabiendo eso, me metí a mi cuarto luego de comer y me saqué la ropa y los zapatos y me fui a dormir.

En la mañana mi madre parecía un zombi, miraba el espejo y al hablarle no me respondía. Su mirada era de hielo y al darle un beso sentí su piel fría como el metal.

—¿Mamá? ¿Me bañas con mi barquito? ¿Me das

mi desayuno?

Mi madre me sirvió leche y puso la mesa y se sentó a mirar al espejo sin decir palabra.

—¿Mamita? Despierta, ma'.

Entonces abrió los ojos que parecían botar fuego.

—Cállate muchacho del demonio. Me tienes harta, ¿me oyes?

Abrí mis ojos devorado por el pavor mientras ella me sacudía de los hombros. "Ojalá hubieras muerto al nacer", me dijo.

Me quedé petrificado. Mi mamá jamás me había gritado así. Al rato pareció despertar y me acarició.

—Amor, ¿aun no te has bañado? Vamos a bañarte y te haré jugo de fresa y un sándwich.

—¿Jamón y queso?

—Sí, mi príncipe. ¿Estás bien? ¿Te pasa algo?

—No, ma'. Te quiero.

—Yo te amo, mi príncipe.

Tras la ducha y el desayuno, el día estuvo tranquilo. Almorzamos y por la tarde mi mamá se sentó frente al televisor y yo fui a jugar al cuarto.

Ya era de noche cuando volví a la sala y mi madre estaba frente al espejo. Era ella, pero por ratos no la reconocía, sus cabellos parecían llamas de fuego. Asustado me encerré en el cuarto y me metí con ropa a la cama. Bajo las sábanas repetía un rezo que mi mamá me enseñó para que no tuviera miedo:

Niño Jesusito manso corderito
Bajo del cielo y haz tu
cunita en mi corazoncito
Ángel de la guarda dulce compañía
No me desampares
Ni de noche ni de día

Desperté horas más tarde. No había bulla en la calle y miré por la ventana de mi habitación y la tienda ya estaba cerrada. Fui al cuarto de mi madre e iba a tocar la puerta, pero sentí un olor penetrante. Olía a quemado. Caminé de puntitas para no hacer ruido y regresé a la cama. Al rato se levantó mi madre y tocó la puerta y fingí estar dormido.

—¿Ariel? ¿Estuviste caminando por el pasillo? ¡Abre la puerta! ¡Sé que estás despierto! ¡Mocoso insolente! ¡Me las vas a pagar!

Minutos después se fue, puse una silla y varias cosas en la puerta. Antes de caer dormido, temblando, recé y le pedí a Dios morir. No sabía qué estaba pasando. La casa tenía un aire pesado, apestaba a humo, denso, extraño, maligno.

Tuve una pesadilla y en ella una voz me decía: Ella no es tu madre. Un demonio la tiene atrapada. Llévala al espejo y cuando se mire, empújala. Así tu madre volverá a ti.

Me desperté temprano y mi madre estaba sonriendo y cuando se volteó para traer el desayuno me decidí.

—Mamita, tienes una mancha roja en el cuello.

—¿Dónde? —dijo ella y se tocó la garganta.

—Allí no, mamá. Atrás.

Entonces ella fue al espejo y se puso de espaldas y volteó la cara.

—¿Dónde, Ariel? No veo nada.

—Aquí —dije y mientras ella torcía más la cara la empujé con todas las fuerzas que tenía. Y ella se golpeó contra el espejo y se desmayó.

Cuando se despertó, yo todavía estaba allí. Parado frente al espejo hasta que mi madre sonrió:

—Amor, ayúdame a pararme, mi rey. Creo que me caí.

—Sí, mamá. ¿Estás bien?

—Sí, bebé, ¿tienes hambre? ¿Quieres que te haga jugo de fresa con leche y un sándwich?

—¿Jamón con queso?

—Claro, mi rey.

Pasamos una buena tarde y mi madre me cubrió de caricias como nunca lo había hecho. Me llevó al cuarto y me puso a dormir. Me sentí feliz. Pronto llegaría la navidad.

Por la noche, muy tarde, tuve ganas de orinar y no quería mojar la cama ni molestar a mamá y me levanté en silencio. Al salir al pasillo sentí un olor aterrador. Ese olor yo lo conocía. Caminé de puntitas hacia el cuarto de mi madre y por debajo de la puerta parecía escaparse ese olor inicuo. Me acerqué a la puerta y una voz de ultratumba, una voz diabólica de mujer se escuchó:

—Mi señor, ya la tengo atrapada en el espejo. El niño idiota se ha creído todo. Mañana tomaré su alm... ¿Quién anda ahí?

Iba a volver a mi cuarto, pero ella salió a velocidad y yo me dirigí a la sala, listo para escapar hacia la calle, pero ella me detuvo.

—Mi rey, ¿por qué huyes de tu madre?

—¿Cuál es nuestro cuento favorito? —le pregunté dudoso.

—Son varios, mi rey.

—Hay solo uno.

—Ay, es que soy tan distraída.

—Reza conmigo, ¿te la sabes?

—Muchacho del demonio, Ven aquí.

Entonces algo me gritó que mi madre estaba atrapada en el espejo o que alguien se había metido dentro de ella y una vez más fingí.

—Mamá, ¿eres tú?

—Claro que soy yo —dijo ella con una risa torcida y cerró los ojos un segundo. Sentí dolor por el cuerpo de mi madre, pero el instinto me decía que ella ya no estaba conmigo.

Agarré el reloj de metal de la mesa de la sala y lo tiré contra al espejo que se quebró mientras ella daba un alarido de chacal. "¡No sabes lo que ha hecho!", gritó mi madre y me desmayé.

Cuando desperté estaba en una ambulancia y tenía una máscara de oxígeno. Un enfermero me agarró la mano. Mi ropa olía a quemado. El brazo me ardía. Al lado tenía el libro que mi madre me compró.

—¿Mi mamá? ¿Dónde está mi mamá? —pregunté.

—Descansa todo va a estar bien —dijo una voz y me quedé dormido.

Pasaron días hasta que recuperé mis sentidos. Recuperarme de las quemaduras del brazo derecho me tomó un par de meses. Aun hoy me quedan varias cicatrices en el cuerpo y otras adentro, cicatrices que nadie puede ver.

Luego descubrí lo que era una psicóloga. "Soy una persona que te ayuda a hablar. Soy como una amiga, como una doctora, pero para tu cabecita", dijo Ana, la psicóloga.

—¿Mi mamá? ¿Dónde está mi mamá? —pregunté.

—¿Crees en Dios? —me pregunto la psicóloga.

—Sí, mi mamá me enseñó a rezar.

—¡Qué hermoso! —dijo ella.

—¿Cuándo va a venir mi mamá por mí?

A la psicóloga se le humedecieron los ojos y me di cuenta de que algo estaba mal.

—Ariel. Tu mami. Tu mamita se ha ido al cielo, pero antes te sacó del incendio, del fuego. Te salvó. Luchó mucho en el hospital, pero se fue arriba.

—¿Fuego? El espejo se rompió.

—¿Recuerdas si estabas jugando con fósforos o

un encendedor de cocina? ¿Quizás a tu mamá se le cayó una vela encendida?

—No, nada.

—Está bien. Ahora descansa. Cuando despiertes te vamos a dar leche con galletas.

Un tiempo después me dieron de alta y acabé en un orfanato. "Te va a gustar", me dijo la psicóloga. Hablé con otra señora llamada Fátima, la asistenta social. Me dijo que intentaba encontrar a mi familia. Al parecer no tenía parientes.

En el orfanato tenía amigos, pero a veces los niños peleábamos y fue allí donde me empezaron a decir: Nerón, piromaníaco. Luego supe que Nerón había incendiado Roma.

Me volví agresivo, me peleaba con mis amiguitos y un día que no me escogieron para el equipo de fútbol prendí fuego a un tacho de papeles. Me llevaban seguido a la psicóloga y luego con el doctor Best, que era un psiquiatra. En las conversaciones siempre me preguntaban con sutileza dónde guardábamos los fósforos en casa y si alguna vez había jugado con fuego en el campamento o prendido alguna vela.

Con el paso del tiempo Ana me dijo que me quedaría un tiempo en el hospital porque era más fácil que los doctores me vean. Durante el día iba al orfanato para estudiar y en las tardes al hospital.

Pasaron quizás dos años y me acostumbré a mi nueva vida hasta que un día la asistenta social me dijo que habían encontrado a una hermana de mi mamá. Yo no tenía recuerdos de ella, pero me emocioné porque me dijeron que quería adoptarme. Lucy, mi tía, tenía un buen trabajo. Era dueña de un museo de antigüedades.

El día que vino a verme cumplía diez años y mi corazón latía a prisa. Los papeles de adopción no habían salido, pero con un permiso del juez podíamos salir a pasear un par de horas.

Cuando la vi me emocioné porque se parecía a mi madre, pero era más joven y, a decir verdad, se veía distinguida. Llevaba puesto un vestido rojo muy intenso. Me dio un abrazo y un beso y me dio dos regalos. Un Spider Man muy lindo y una chaqueta azul, mi color favorito. Salimos hasta el estacionamiento del hospital tomados de la mano. Su auto era elegante, una camioneta negra. Me abrió la puerta y me acomodó el cinturón. Vi un carnet colgando en el espejo del auto y decía Lucy Fernández.

—¿Estás listo para volver a casa, mi rey? Estaremos juntos para siempre —me dijo, y entonces dejó escapar una risa torcida.

TEMPLE OF LOVE

Connie Tapia Monroy

(1980, Santiago, Chile). Escritora y editora de Cathartes Ediciones. Ha publicado *Agonía profana* (2004); *Viviendo entre Sarracenos* (2008 y 2018, Cathartes Ediciones) y *Osario* (2018, Electrodependiente, Bolivia). Sus trabajos han sido publicados en variadas antologías, entre ellas: *Fantástica, Mujeres en la ciencia ficción, el terror y la fantasía* (2018, Biblioteca de Chilenia); *Poliedro 6* (2019, Tríada Ediciones), *Historias asombrosas de gatos* (2019, Fundación Adopta), *Cuentos sobre la luna* (2019, El Gato Descalzo, Perú), *COVID-19-CFCh* (2020, Sietch Ediciones), *Pulp Primitivo* (2020, Speedwagon Media Works). Dirige el Taller de Creación Literaria "La Licuadora" y el Club de Lectura "Prometeo, los hijos del fuego".

I

Tu alma se encontrará sola entre las cosas
entre oscuros pensamientos de fúnebres losas...
De todo el gentío, nadie en verdad
invadirá tu hora de intimidad:

En el atardecer, el guardia grita desde lejos: «De nuevo, ¿no escuchaste las campanas? Estamos cerrando», su voz resuena como un eco dentro del silencio. Si escuché el cierre del cementerio. Es que no me quiero ir, ni separarme de su tumba. Apego mi oído a la lápida, con la extraña idea de volver a escuchar el latido de su corazón.

Hoy se cumplen exactamente dos meses desde que encontraron el cadáver de Dylan Usher, en su habitación. Dijeron que en la madrugada del domingo ingirió una cantidad desproporcionada de pastillas antidepresivas. La nota junto a él decía "Te espero del otro lado...". Se suicidó, «se cansó de esta vida»; es lo que creen todos, pero estoy convencida que hay oscuros motivos detrás de todo esto. No es tan simple.

«Señorita, váyase a su casa será mejor...», dice el guardia con mirada de piedad y un leve tono de resignación. No es fácil volver a casa y encontrar todos los recuerdos que me unían a Dylan. En las noches, bajo la tenue luz que entra por la habitación, repaso una y otra vez los últimos momentos donde estuvimos juntos. Busco una palabra, una señal, una frase que advirtiera sobre sus intenciones, si es que las hubieron. Cómo saber, cómo preguntarle. La noche avanza como una película en blanco y negro mientras la tristeza sofoca mi pecho. En ocasiones se torna irreal, como extrahumana, porque la sensación es tan profunda, tan sombría que mi corazón cree traspasar los límites de la realidad. Dylan Usher, mi Dylan, sus manos etéreas, su mirada profunda cuando nos enredábamos con nuestros cuerpos, como una danza ritual, mística. ¿Acaso tenías otro amor, Dylan? ¿Otra mujer robaba tu atención? Intento repasar nuestros últimos días y nada. No encuentro nada que me convenza del "suicidio".

II

No rompas el silencio de esa quietud
que no es exactamente soledad...
Los espíritus de los muertos que en vida tú
conociste, ahora, en la muerte, volverán
a rodearte, y su deseo por completo
te eclipsará: mantente quieto.

«Señorita, creo que no puede continuar así... vamos, mire, no se ve bien», otra vez la voz del guardia del turno de la mañana. Lo miro indiferente, y entro al camposanto como todos los días.

Un espacio oscuro, en suspenso, sus rostros pálidos y vampíricos, con sonrisas grises que me miran con seducción mientras avanzo a paso cansino dentro del local. El cigarro se mezcla con el humo espeso de las máquinas que se activa cada tanto cerca del escenario. Camino entre los *espectros* que conversan y cuchichean entre sí. Mientras me abro camino, sus miradas, sus profundas miradas me invaden cómplices, con sus vasos de alcohol en la mano, con sus risas siniestras, labios negros y maquillaje blanco. La música de Sister Of Mercy es como un vaivén lujurioso sobre los cuerpos arriba de las tarimas, en tanto que dos mujeres se besan en un rincón bajo una luz bermellón, hipnótica. Dylan está al final del fuliginoso bar, está de pie, llamándome con su mirada, con una sonrisa seductora y diabólica. La música ahora es como una pulsación enrarecida, un tronar difuso, un zumbido que oscila hasta el fondo del abismo y se pierde entre la nada. Dylan toca mi mejilla y sonríe; mi corazón ruge, palpita. La música golpetea por dentro, estoy frente a él, sonriendo de vuelta. Sigue golpeando por dentro ese sonido que envuelve. Su mirada se acerca, intento besarlo y se aleja. Sus ojos son negros como la profundidad de un pozo, sin vida. Retrocedo apoderada del pánico y me giro para mirar a los demás. Sus rostros sonrientes, desencajados, una espiral que comienza a moverse, distorsionando sus figuras. Miro a Dylan nuevamente y sus ojos son rojos brillantes y se aproxima para comunicarse. «Busca al médium...», susurra: «Te espero del otro lado», como un frio y escalofriante trepidar. Veo a un sujeto en trance, con un cuerpo inerte frente a él, en una especie de altar...

El sonar de las campanadas del cementerio me despierta, el frio del mármol penetra en la piel. «Hey, tú, te has quedado dormida... ¡ya vete de una vez!», grita el guardia desde el panteón que está unos metros más allá. El sueño ahora se siente como una espiral distorsionándose por dentro, sus miradas y sonrisas diabólicas. Es una sensación fría y aterradora, como el gusano conquistador que repta por mi interior. «Señorita... usted no se ve como los otros, usted se ve buena persona», me dice el guardia golpeando despacio el walkie talkie en su muslo derecho. «Le hablo en serio, supere la muerte de su amigo y vuelva solo de vez en cuando», traga un poco de saliva y prosigue; «hay chicos que se obsesionan con el cementerio, hasta el punto de profanar tumbas y robar objetos... usted, usted solo está triste». Sigo confundida por el sueño, es un lugar conocido para mí, tengo la imagen de Dylan mirándome con esos ojos negros y el susurro de su voz eriza mi espalda al recordar. Miro al guardia y asiento con la cabeza. Apresuro el paso, hilando ideas y escenarios para ir en busca de ese "médium". Sé que el sueño no es casualidad, sé que no son mis delirios.

III

En la noche prístina pero severa,

las estrellas, desde la celeste esfera,

no irradiarán hacia otros arrabales

su luz de esperanza a los mortales...

en cambio, sus órbitas rojizas

serán como una opaca y enfermiza

quemazón, una fiebre inclemente

que azotará tu fatiga eternamente.

«¿De nuevo tú aquí?», dice la mamá de Dylan. Acomodo mi dedo gordo de la mano dentro de un agujero que tiene la manga de mi sueter negro. La miro con incomodidad, bajando la cabeza, tratando de no mirarla de manera directa, sino más bien, de reojo, entre los flequillos de mi pelo negro. Le explico que estoy segura que Dylan no pudo suicidarse, no por su voluntad, al menos, que otra cosa debió haber pasado. «Desde que se puso de novio contigo que ya no fue el mismo... así que te voy a pedir que por favor no vuelvas más y respetes el dolor de la familia». Le suplico poder buscar entre las cosas de la habitación, alguna pista, algo que me indique dónde y cómo encontrar al médium, pero la señora solo cierra la puerta de un portazo.

Me encamino al *Escarabajo de Oro* solo con la premisa que, en mi sueño, podía ser ese lugar. Aunque no tenía certeza. Un par de veces bailamos allí y nos besamos al ritmo de Lacrimosa.

En el exterior se encontraban unos muchachos tomando cerveza, vestidos con encajes y terciopelo negro, como de luto y muerte. Sus caras pintadas de blanco sobresaltando los labios y ojos, con accesorios de plata como cadenas, anillos de estilo exótico y botas de cuero, algo así como una mezcla entre medieval y vampírico.

Pago mi entrada. El pasillo iluminado con luz negra resalta los cráneos colgados en el techo, brillan de manera mística y escalofriante. Los jóvenes bailan en un espacio como si fuera el centro de un castillo medieval. Miro a todas partes, pero nada es como el sueño que tuve, solo matices y extrañas mezclas de mis días con Dylan bailando junto a todos ellos en el centro de la pista. Recorro el lugar, la barra, los baños, las mesas en los costados y por las habitaciones que dividen los ambientes. Nada es como en el sueño.

IV

Ahora habrá ideas que ya no ahuyentarás
y visiones que nunca desvanecerse verás...
Ya no pasarán por tu espíritu postrado
como gotas de rocío por un prado.

La música hipnótica me arrastra hacia un vacío oscuro alumbrado solo con unos candelabros dispuestos cuidadosamente en el suelo. La sombra de Dylan está al final de ese espacio, lo sé, sé que es él. Intento acelerar el paso, pero todo está ralentizado, hago un esfuerzo descomunal para poder moverme. Unas risas estridentes resuenan desde la nada, como envolviéndome, miro a todas partes y no hay nada. La sombra del fondo ya no está. Intento nuevamente correr hacia alguna parte, pero la película sigue en cámara lenta. Caigo de rodillas, abatida, con el rostro mojado de lágrimas y desesperación. Escucho el corazón de Dylan como si proviniera de la tierra, su latido viene de adentro, lo escucho, me traspasa el pecho. Escarbo con las manos sobre la tierra húmeda, utilizando las dos manos, con rabia, con furia, él debe estar ahí atrapado bajo tierra, se intensifica su llamado, poso mi oído para escuchar si aún sigue latiendo su corazón allá abajo, y sigo removiendo la tierra con fuerza. Cada vez el agujero es más profundo, más profundo, más profundo.

Siento que alguien mueve uno de mis hombros, abro los ojos y es el guardia. Lo veo a contra luz, el sol de invierno está a su espalda. «Ufff, menos mal que despierta...», me dice con una voz de alivio. Miro mis manos con tierra y las uñas negras. Un tanto confundida veo mis botas llenas de lodo y mi ropa embarrada. «Mejor váyase a casa antes que llame a la policía... esta es la última advertencia», su tono es duro. Lo último que recuerdo es haber saltado la reja del cementerio. Me encontraba triste y confundida, me acurruqué en la tumba de Dylan y lloré, lloré hasta perder la conciencia.

No sé cuántos días han pasado, pero las pesadillas y el recuerdo de Dylan Usher me persiguen cada vez que cierro los ojos. Él aparece entre la espesura de la niebla diciendo una y otra vez: «Te espero del otro lado...». Despierto con una sudoración fría en todo el cuerpo y la angustia de no tenerlo, de no obtener respuestas me produce un insomnio abrumador.

Esta noche he vuelto al *Escarabajo de Oro*, busco entre la muchedumbre alguna señal, al médium que aparece en mis sueños una y otra vez. En la mesa de la esquina del bar lo veo, ahí está, es el mismo sujeto que se aparece en mis sueños en posición de loto, con los ojos en trance, y un cuerpo frente a él. Las velas encendidas a su alrededor y susurrando invocaciones de otros mundos. «¡Hola! ¿Tú eres un...?», titubeo al preguntar. «¿Médium?», dice terminando mi oración, y asiente con la cabeza y con un gesto de mano pide que me siente junto a él. Le explico lo de Dylan, de que estoy segura que no se ha suicidado, no a voluntad al menos, le digo que necesito platicar con él, que me ayude a establecer contacto.

Caminamos juntos hacia un cuarto que se ubicaba en un segundo piso del patio trasero del bar. Es como una casona antigua, tipo colonial, de puertas altas, y techos igual de altos. El médium toma el hombro de un chico que no debe tener más de 11 años. «Descuida, es mi receptáculo», me dice con sonrisa maquiavélica. «Los niños establecen una conexión más fluida con el otro mundo... están menos contaminados... tú me entiendes», y se acomoda arriba de unos cojines. El chico se recuesta sobre un trazado tipo pentagrama en el suelo, es un joven menudo, ojeroso, de pelo oscuro y semblante pálido. Se recuesta de manera automática, no lo cuestiona. Me indica que tome posición frente a él, que cruce las piernas y que guarde silencio.

Susurra algunas palabras mientras mantiene los ojos cerrados. Las velas sobre el símbolo del suelo comienzan a titilar. El niño tiembla de manera casi imperceptible. Sus palabras ahora son un poco más elevadas, poco a poco suben de tono a medida que avanza su invocación, el cuerpo del receptáculo tiembla cada vez más, con espasmos, como si sufriera un ataque de epilepsia. Los ojos del médium ahora son como un agujero negro aterrador, el niño ahora levita como si una mano invisible lo levantara de la espalda, hasta que se detiene. El médium en su posición de loto sigue hundido en una profunda oscuridad. Una ráfaga entra de la nada, un frio perturbador que congela mis manos hasta calar los huesos.

La brisa, aliento de Dios, se aquieta

y la bruma que cubre la silueta

de la colina, sombría pero intacta,

es un símbolo y una señal exacta...

Cómo flota sobre los árboles frondosos:

¡eh ahí un misterio prodigioso!

«Mi amor, tengo todo listo». Habíamos saltado la reja del cementerio y nos encontrábamos escondidos en uno de los mausoleos más alejados de la entrada, era uno abandonado y olvidado por los dueños, al que llamábamos "Temple of Love", por una canción de Sister of Mercy. Un par de semanas antes cortamos la cadena de la reja de entrada, reemplazándola por una cadena nueva, pusimos un candado para ir cuantas veces quisiéramos a la semana. Nuestras noches comenzaban con la poesía de los malditos: Baudelaire, Rimbaud y Verlaine, hasta el misticismo de W. B. Yeats. Uno de nuestros favoritos era "Espíritus de los Muertos", de Poe. Dylan Usher tomaba mis manos y lo recitaba de memoria, había cierta obsesión de su parte con aquel poema; «Tu alma se encontrará sola entre las cosas...» partía diciendo... luego terminábamos con nuestros cuerpos desnudos, poseídos por la locura y el frenesí de hacerlo entre los muertos, adentro del pequeño panteón. «¿Qué existirá al otro lado?», me preguntaba el pobre

Dylan, una vez que acabábamos rendidos entre el sudor y la embriaguez de la noche. «Podríamos averiguar», le sugerí.

Ese día Dylan tenía todo lo necesario para hacerlo. Puso la daga en mi mano derecha y contaríamos "uno, dos, tres" al mismo tiempo... Lo miré y me fui a mi casa, presa del pánico.

* * *

El niño ahora se endereza y flota de pie, abre sus ojos... blancos, como si la mirada se hubiera ido hacia adentro, y una voz del inframundo sale de sus labios «Tú, maldita traidora...» dice en una vorágine furibunda. «¡Esa voz no es de Dylan, no puede ser él, claro que no!», digo presa de la congoja. El niño levanta su mano derecha y me apunta de manera acusadora y de improviso cae de un golpe al suelo, como una muñeca de trapo.

Un humo negruzco entra por mi boca. Veo a Dylan atrapado en un vacío aterrador, acusándome con rabia y cólera, «te estoy esperando...», resuena su voz de ultratumba dentro de mí. Abro los ojos y veo el cuerpecito del niño en el suelo y al médium en completo trance, y sin pensarlo, tomo una de las dagas dispuestas en el ritual de invocación y rasgo las muñecas de mis brazos hasta desangrarme por completo.

No es que me aterrorizara contemplar cosas horribles, sino que me
aterraba la idea de no ver nada.

EL INSÓLITO ÁNGEL DE LO INSÓLITO

Sergio Alejandro Amira

(1973, Concepción, Chile). Ha publicado las novelas: *Identidad suspendida* (2007), *Psique* (2010), *WBK* (2013), *Kitsune* (2014), *Mad Love 500* (2015), *Armórica* (2016), *Otherkin* (2018), *Sweet Dreams* (2018) y *La mujer escarlata* (2020). Ha sido incluido en antologías chilenas y extranjeras tales como: *Visiones 2005* (España), *CHIL3: Relación del Reyno* (2010) y *The Cure: Canciones de cuna para desintegrarse* (2019, México). Es creador de la superhéroe Atómica, de quien ha publicado varios cómics desde el 2012.

Una solitaria figura avanza por los desiertos de hielo iluminados por una luz azul clara como el filo de una daga. La Tierra actual es un mundo de noches bajo cero, majestuosas auroras boreales y ventiscas que duran décadas. Todo lo que alguna vez tuvo vida en el planeta se ha extinguido hace mucho, todo menos Raúl y unas cuantas especies marinas que prolongan su existencia en las profundidades oceánicas. ¿Cuántas veces le ha dado la vuelta al globo este pobre hombre en su incesante deambular? Al igual que con los años, Raúl ha perdido la cuenta.

"Sí solo me hubiese aceptado tal como soy no estaría condenado a este suplicio eterno" se recrimina por millonésima vez. "Sí solo hubiese hecho caso a mi madre, que siempre me dijo que lo que importaba era la belleza interior, sí solo me hubiese conformado con la riqueza y la salud y no el amor, sí no hubiese ido a entrevistarme con Gómez y Barría-Dunsany, sí solo hubiesen sido reales los ángeles 'de verdad' sobre los que me contaba mi abuela de niño, sí solo le hubiese dicho que no al Hierofante...".

Un hecho extraordinario interrumpe la reiterativa cadena de pensamientos de Raúl. A unos pocos metros de distancia se encuentra de pie otra persona. Corre a toda velocidad hacia la figura y a medida que se acerca nota que no se trata de un humano, ya que unas grandes alas emplumadas se asoman detrás de sus estrechos hombros y un halo enmarca su cabeza de rubio cabello.

—¿Raúl? —pregunta la criatura con una voz suave y melodiosa—. ¿Raúl Valdemar?

—No oía ese nombre hace milenios... —murmura él para luego, como saliendo de un trance, exclamar—: ¡Sí, yo soy! ¿Quién eres tú?

—Soy Belaziel, y he venido para llevarte conmigo.

—¿Vas a llevarme al Infierno? Porque he leído sobre ti, eres el Treceavo Vigilante de los Veinte Líderes de los Doscientos Ángeles Caídos...

—No, ese es Basasael. Se le confundió conmigo debido a las pésimas traducciones del Libro de Enoch, pero esto fue subsanado en versiones más recientes. Lo que importa es que soy tu ángel custodio, Raúl. El Infierno hace mucho que dejó de existir y vengo a llevarte al Cielo. Sé que tardé un poco, pero no creerás lo que pasó allá arriba...

—¡Y tú no creerás lo que pasó acá abajo!

—Ven —dice Belaziel extendiendo su mano de largos y finos dedos—, nos pondremos al día mientras ascendemos por la escalera...

—¿Cuál escalera? —pregunta Raúl. El ángel le indica a su espalda y he allí una escalera mecánica que asciende más allá de la magnetósfera.

Ambos trepan a uno de los escalones y se dejan llevar hacia la bóveda celeste. Raúl mira por sobre el pasamanos, y la visión de la superficie terrestre alejándose le provoca vértigo.

—No voy a excusarme por nuestra responsabilidad en este asunto, —dice Belaziel—, lo que pasó no tiene perdón de Dios, aunque su misericordia sea infinita, pero las cosas hubiesen sido mucho más fáciles de no haberte vuelto inmortal. No sabes todo lo que me costó convencer a los de allá arriba para que te dejaran ascender al Cielo en cuerpo y alma, Raúl, tal y como lo hizo el Unigénito.

—¡Yo ni siquiera quería ser inmortal! —se lamenta él—. Yo solo quería ser bello.

—La belleza es algo que va por dentro...

—¡No es cierto, Belaziel! ¡Salvo mi madre ninguna mujer me amó debido a mi fealdad...! Por cierto, ¿está mamá allá arriba?

—Sí, Raúl. Está esperándote, y tu abuela también.

—Mi abuela me habló de los ángeles de la guarda cuando era niño... ¿Por qué te muestras recién ahora?

—Bueno, en primer lugar, no se supone que los humanos contacten a sus ángeles custodios, Raúl. Somos algo así como guardaespaldas invisibles; y en segundo lugar, tú apareciste en nuestros radares hace diez mil años atrás, y quienes te encontraron mantuvieron la información clasificada para seguir ocultando la negligencia que generó este problema... Ocurre que por un error administrativo nos asignaron el mismo humano a dos ángeles custodios, una situación del todo irregular, pero que nadie estaba dispuesto a corregir ya que hacerlo significaba admitir que se había incurrido en un error sin precedentes en toda la historia de la Creación. Cuando por fin averigüé que tú eras mi humano, no estabas por ninguna parte. Habías desaparecido por completo de la faz del Universo. Desde entonces me asignaron otros humanos para custodiar, luego aconteció la Segunda Venida, el Arrebato, y se supone que no quedó ningún ser humano en la Tierra, por lo que fuimos destinados a otros mundos...

—¿Hay otros mundos habitados entonces? —pregunta Raúl, expectante.

—Sí, diez millones tan solo en la Vía Láctea —confirma Belaziel—, y todos ellos con humanos que necesitan de un ángel custodio. Ahora cuéntame por qué razón te volviste inmortal, y cómo lo conseguiste.

—Como te dije yo no quería ser inmortal, lo que yo quería era ser bello. Siempre tuve problemas de autoestima debido a mi apariencia. En la escuela los niños se burlaban de mí y hasta mis propios hermanos mayores decían que mamá me había adoptado en el zoológico. "No hagas caso", decía mi padre, "si no puedes hacer que te amen, pues haz que te teman". Él era uno de los hombres más poderosos y ricos del país, pero así como le temían también le odiaban y yo no quería eso. Siempre fui la oveja negra de la familia, y no solo por mi fealdad, sino porque una vez concluidos mis estudios en ciencias con mención en Astronomía, decidí convertirme en monje para así encerrarme en un templo y que nadie viera nunca más mi fea cara. Pero no me resultó, nunca he podido aquietar mi mente, nunca pude meditar ni hacer yoga, por lo que decidí estudiar otras disciplinas no científicas como el tarot, el reiki, la ancestrología, la lectura de runas y la angelología. Fue debido a esto último que supe de un contactado telepático del arcángel Zauriel llamado Daniel Barría-Dunsany, quien durante diecisiete años había estado respondiendo las veinte mil preguntas formuladas al arcángel por un tal Hernán Gómez, teólogo de hecho. Y pese a que me advirtieron que se trataba de un par de charlatanes, decidí concertar una reunión con ambos en la casa de Gómez.

—¿Eran algo así como John Dee y Edward Kelly? —pregunta Belaziel.

—¡Aún peores! —exclama Raúl—. Al entrar a la casa de Gómez vi una voluminosa bolsa plástica que reposaba sobre la bandera vaticana, la cual contenía los cuadernos donde el mentado investigador llevaba el registro de las supuestas charlas. Cuando Gómez me comentó que una de las preguntas formuladas al arcángel Zauriel decía relación con la enfermedad de la que podría curarse alguien tras beber una sopa espesa de hormigas, supe que la cosa se venía mal. Pero cuando el propio Barría-Dunsany me dijo que la calva que tenía era debido al proceso de comunicación telepática, y me describió la apariencia del arcángel como un astronauta, supe que estaba frente a un par de locos de atar. Gómez luego dijo: "cuando llegue el momento en que la Tierra se vacíe de vida, bajarán del cielo mil quinientos millones de naves, cuatro por nuca. Mientras que a los seres del mal los llevaran a otro punto que es el planeta Hercóbulus, donde serán mutados en reptiles que se alimentarán mediante el canibalismo".

»¡Esa fue la gota que colmó el vaso! Me despedí de aquel par de lunáticos y aprestaba a marcharme, cuando Gómez dijo: "¿sintió que pasó el gas?", en alusión a un camión de gas licuado que en ese momento transitaba por la calle. "¿El gas natural sabe lo que es de Dios?", me preguntó. Temí que la respuesta fueran pedos, y mis temores fueron confirmados. "Pedos de Dios", continuó el anciano, "y cuando le pregunté al arcángel Zauriel de donde proviene el agua de los océanos me dijo: 'orines de Dios'. Y esta lava que brota de los volcanes, ¿qué es?, le pregunté: 'semen de Dios', fue su respuesta".

»Al oír aquello me puse furioso y exclamé: "¡Esto que ustedes dos se han montado es una despreciable mentira, un triste engaño, la hez de las invenciones de un escritorzuelo asociado a un charlatán de la peor calaña! ¡Lo que es yo, estoy dispuesto a jamás volver a creer en nada que tenga alguna apariencia 'insólita'!".

»Yo esperaba algún tipo de reacción por parte de Gómez y Barría-Dunsany pero no obtuve ninguna ya que estaban congelados, detenidos en el tiempo. "Mein Gott, ¡si dice eso es usted verdaderamente tonto!", escuché decir a una voz de lo más extraña en un pesado acento germánico. Me volteé hacia el sitio del cual provenía la voz y pude ver a un personaje del todo inusual. Su cuerpo era como un odre de vino. En su extremo inferior había insertados dos barriletes que parecían servirle de piernas. Por brazos tenía dos botellas largas colgando de la parte superior del odre, con los golletes vueltos hacia fuera a modo de manos. Su cabeza era similar a una cantimplora con un agujero en medio de la tapa y llevaba un embudo inclinado sobre los ojos por sombrero.

»—¿Quién es usted? —pregunté intentando ocultar mi desconcierto—. ¿Cómo llegó hasta aquí?

»—Estoy aquí porque me ha invocado —aseveró él—. Me presento: soy el Ángel de lo Insólito.

»—¿Un ángel? —dije incrédulo—, yo creía que los ángeles tenían alas.

»—¡Alas! —exclamó irritado él—. Son las gallinas las que tienen alas, y las lechuzas tienen alas, y las hadas tienen alas, y los principales teuffel tienen alas. ¡Los ángeles no tenemos alas!

»—He estudiado angelología por lo que usted no me engaña. No sé qué será, pero ángel no es.

»—Si por ángel se refiere al resultado híbrido del programa hebreo de entrecruzamiento original de seres sobrenaturales egipcios, sumerios, babilónicos y persas; pues no lo soy.

»—Si no es un ángel ha de ser un demonio entonces.

»—Si en verdad estudió angelología, tal y como afirma, debe saber que la palabra demonio proviene de la palabra griega daimon, que alude a una gran variedad de seres intermediarios que controlan el vuelo de las aves, inspiran a los profetas y causan relámpagos... Mire, estoy muy tentado a decirle que "soy el que soy", pero no. La verdad es que soy una parte de aquella fuerza que siempre quiere el mal y que siempre hace el bien. Si el ser humano, ese pequeño mundo de orgullo y locura, se cree por lo regular ser un todo, de mí puedo decirle que soy un fragmento de la parte que en un principio era todo; es decir, la nada de la cual salió la luz soberbia...

»—Pero la nada no puede existir...

»—¡Claro que existe, necio! Es ist die Leere, die zurückbleibt, eine Art Verzweiflung.

»—¿Tiene usted algo que ver con Gómez y Barría-Dunsany? —le pregunté ya que no entendía una pizca de lo que hablaba.

»—¿Con estos perdedores? —dijo señalándolos con sus manos-botellas—, überhaupt nicht! Estoy aquí por usted, para ofrecerle lo que todo humano desea: la inmortalidad.

»—¿Y qué sacaría con ser inmortalmente feo?

»—¿Preferiría ser bello a inmortal? ¡Está de suerte entonces! El Pozo de Cristal que contiene el agua de la juventud eterna, además de volverlo joven le dotará de hermosura. ¿De qué sirve la inmortalidad sin juventud y belleza, letzten endes?

»—Supongo que tiene razón…

»—Habiendo aclarado esto, ¿quiere que lo conduzca al Pozo de Cristal, sí o no?

»—Sí —le dije.

»—Debe decir que sí tres veces seguidas para sellar el pacto.

»—¡Sí, sí, sí…!

»Apenas terminé de pronunciar la última sílaba, el Ángel de lo Insólito preparó un poco de aire inflamable que nos levantó del suelo y nos llevó directamente a un lugar llamado Druhim Vanashta. Una vez allí nos dirigimos a un pequeño muelle junto a un vasto y negro lago, y allí estaba una embarcación fabulosa. Sus costados fulguraban y resplandecían con las múltiples bandas de metal que lo formaban, su dosel era de humo, la vela de plata estaba tejida de vientos, el timón era el hueso de la pierna de un dragón, y tenía un par de alas fuertes y blancas hechas con el lino que crece en la rivera del río Hipnos…

—¿Se robaron el barco? —interrumpe Belaziel.

—En efecto —asiente Raúl— y emprendimos vuelo cruzando las tres puertas y la abertura del volcán inactivo que comunicaba con el reino de Azhrarn. "¿A dónde vamos?", le pregunté al Ángel de lo Insólito. "A las Tierras del Sueño, bajo la jurisdicción de los Grandes Dioses que viven en la ciudadela de Kadath", contestó él.

»Tras un viaje de varias horas que parecieron minutos, el barco alado recogió sus alas como un cisne y calmadamente navegó hasta atracar en la orilla del desierto conocido como la Inmensidad Fría. A lo lejos se divisaba una borrosa sugerencia de una montaña azul que parecía carecer de base.

»—Esa es la Meseta de Leng —dijo el Ángel de lo Insólito señalando hacia el horizonte—. A sus pies se encuentra un monasterio, y dentro de él se halla el Pozo de Cristal. Hacia allá debe encaminar usted sus pasos, y cuídese de no llamar la atención de los pájaros shantaks. Viel glück!

»—¿No vendrá usted conmigo? —le dije, pero al voltearme ya no estaban ni él ni el barco alado. No me quedó otra que caminar y caminar por horas o días, escuchando de vez en cuando un arcano grito burlón que decía ¡Tekeli-li! ¡Tekeli-li!, hasta finalmente arribar al Monasterio de Leng.

—¿Y hallaste en su interior lo que buscabas? —pregunta Belaziel.

—Sí, en un patio interior del monasterio se encontraba el pozo —confirma Raúl—. Y como estaba hecho de cristal en su interior podía verse el agua de la juventud eterna, que era de un color gris oscuro. Cerca del pozo había un banco sobre el cual estaban sentados dos encapuchados. Parecían estar dormidos, por lo que me acerqué lo más sigilosamente que pude al pozo, pero entonces los Guardianes alzaron sus cabezas. Ninguno de los dos tenía rostro, solo un enorme ojo hinchado.

»—¡Alto ahí! —dijo el primer Guardián.

»—¡No puedes beber! —añadió el segundo.

»—¿Por qué no? —me atreví a preguntar. Ambos se miraron y encogieron de hombros.

»—¡Hay que llevarlo con el Heresiarca! —dijo el primer Guardián.

»—¡Te llevaremos con él! —añadió el segundo.

»Así que me llevaron con su jefe, que estaba sentado en un trono tallado en granito sobre una plataforma redonda de piedra. El Heresiarca era alto y delgado, vestía una túnica roja de amplias mangas y su rostro se ocultaba tras una máscara que reproducía tan admirablemente la faz de un cadáver, que hasta el más minucioso examen hubiese trabajosamente descubierto el artificio. Le conté al Heresiarca mis tribulaciones, y al parecer se hallaba de buen humor, ya que me permitió beber del pozo, e incluso se ofreció a escoltarme... ¿Falta mucho para llegar al Cielo?

—Estamos a un tercio del camino —contesta Belaziel—. ¿Te llevó el Hierofante de vuelta al pozo entonces?

—Sí, y me dijo que con un pequeño sorbo bastaba —prosigue Raúl—, pero antes de permitirme beber me preguntó tres veces si estaba seguro de hacerlo. Le dije tres veces que sí y con un amplio gesto de su brazo me invitó a beber, por lo que cogí un poco de aquel líquido con la mano y bebí. Inmediatamente me sentí diferente, revigorizado. El Heresiarca extrajo un espejo de mano de una de sus amplias mangas y lo puso frente a mi rostro.

Si bien mis facciones no eran las de modelo de pasarela, había dejado de ser feo. El Heresiarca me explicó que una persona normal se habría vuelto extraordinariamente bella, pero que alguien como yo neutralizaba parte de las propiedades del agua, convirtiéndome en alguien común y corriente, pero capaz de andar por la calle sin que nadie me mirara, para bien o para mal.

»—¿Estás satisfecho? —preguntó el Heresiarca a continuación, guardando el espejo al interior de su manga.

»—Lo estoy—contesté.

»—Muy bien —dijo—, porque ahora debes despertar y vivir con las consecuencias de tu elección...

»El Heresiarca chasqueó los dedos frente a mis ojos y volví al mundo de la vigilia. Al principio no me percaté que estaba de regreso en la Tierra, ya que todo se veía similar, hasta que tras varias semanas entendí lo que había ocurrido. El tiempo transcurre de forma distinta en la Tierra de los Sueños, y en vez de regresar al año 2006, había despertado en un remoto futuro. Gracias a mis estudios de Astronomía supe que el Sol ya había pasado por su etapa de gigante roja engullendo a Mercurio y Venus, para luego convertirse en una enana blanca... Lo que yo había tomado como la luna en un principio era en verdad el Sol, y yo me encontraba a ocho millones de años de mi época.

—¡No sabes cuánto lo lamento, Raúl! —exclamó con sinceridad Belaziel— De todos los seres humanos que habitaron alguna vez la Tierra, tú debes ser el que más mereció una segunda oportunidad.

—¿Es eso posible? —preguntó él abriendo muy grandes los ojos.

—Bueno, siempre puedo decir que no te encontré allá abajo —dice el ángel —. La Tierra después de todo es un mundo tan olvidado como tú, no te ofendas, por favor.

—No me ofendo, Belaziel. Pero, explícame eso de la segunda oportunidad, por favor.

—Puedo regresarte al momento exacto en que se te apareció el Ángel de lo Insólito, pero seguirás siendo inmortal. No puedo hacer nada al respecto.

—No importa, de esa manera no sentiría que desperdicié la juventud eterna, y podré hacer buen uso de mi apariencia no-aborrecible.

—Muy bien, solo debes saltar por encima del pasamanos.

—¿Saltar? ¿Desde esta altura?

—No te pasará nada, Raúl. Recuerda que eres inmortal. Yo iré guiando tu caída hacia el espacio-tiempo correcto, además.

—No lo sé...

—Mientras más nos alejemos de la Tierra, más difícil será conducirte hacia tu época. Y debo dejarte lo más cercano a ella posible, o crearemos muchos problemas tanto a ti como a la humanidad en su conjunto. Es ahora o nunca...

—¡De acuerdo! —exclama Raúl armándose de valor y saltando...

Al recobrar los sentidos, pues la caída le aturdió terriblemente, Raúl descubre que es las cuatro de la mañana. Tiene la cabeza metida en las cenizas del extinguido fuego de una chimenea, mientras sus pies reposan en las ruinas de una mesita volcada, entre los restos de varios platos de comida, junto con los cuales hay un periódico, algunos vasos y botellas rotas, y un jarro vacío de Kirsch.

—¿Dónde estoy? —pregunta Raúl, confundido.

—Willkommen zurück —escucha decir a una voz de lo más extraña en un pesado acento germánico...

EL VUELO DE LA HYALOPHORA

Poldark Mego Ramírez

(Lima - Perú, 1985) Licenciado en Psicología, actor y director de teatro y Gestor cultural. Compuso, actuó y dirigió puestas de microteatro de terror en Lima y Cusco - Perú. Como gestor cultural organizó la miniferia de libro Outlet 2020 y la convención internacional de literatura fantástica Uróboros 2020. Es autor de *Pandemia Z: Supervivientes* (Torre de papel 2019) y *El Domo, historias distópicas* (Torre de papel 2020). Ganador del primer puesto del certamen internacional Orbituorio: Historias fantásticas, de ciencia ficción y terror, en la categoría de Ciencia ficción: Tierra en el año 3000 de Trazos ediciones.

Ella perseguía mariposas de alas carmesí, con majestuosas, goteantes y hermosas batientes que se burlaban de la gravedad con grácil vuelo. Ella se veía como una araña tejedora, arácnida de patas largas, esbeltas, de cuerpo voluptuoso, incitador; llama atrayente a polillas de voluntades acéfalas. Su lisérgica navegación la extraía de aquella habitación acolchada donde estaba recluida, de aquel sanatorio, de aquella ciudad sin nombre ni ubicación. Su cabello negruzco, grasoso y desordenado, caía apelmazado sobre su trigueño rostro. Una expresión de tristeza como si acumulase el pesar de toda la existencia no abandonaba su semblante. La camisa de fuerza aferraba de incómoda manera sus brazos —sus patas—, así que solo le quedaba ver hacia aquella otra vida, donde todo parecía más real, palpable y vivo. Se preguntaba por qué soñaba con el sanatorio, o si soñaba con ser la araña. A veces creía que era una, a veces la otra.

Y nuevamente era diosa de cobre y cabellos como el ónice, omnipotente libido, indomable vientre. Nuevamente perseguía a la mariposa, aquella de blando volar y menuda apariencia. Otra vez doblegaba hercúleos machos, reduciéndolos, convirtiendo sus corazones en ciegos seguidores. Una vez más renacía como la araña tejedora. Y su búsqueda era imparable.

Había asumido como suyo el sueño de una araña anterior, de una dama de absoluto poder que logró crear zurciendo sangre y hueso a su propia mariposa de sangre. Esta nueva araña tenía una versión distinta, soñaba con crear alas más grandes, más cuerpos, más arte.

Su afán la llevó a afilar su lengua de tal manera que cualquier hombre o mujer creyera en sus promesas de un lecho cálido y amoríos incomparables. Moldeó su cuerpo para hacerlo deseado incluso por las estatuas de piedra de los santos de cada iglesia, refinó sus modales y de esta forma atrapó los sueños de todo hijo e hija de Adán; llenando sus dormitorios de humores ufanos, gemidos y contorsiones casi inhumanas. Cuando la araña entretejía el tiempo era un efímero concepto, relegado al fondo de un baúl lleno de trivialidades. Cuando la araña amaba, el mismo filamento del cosmos observaba con envidia de no poder ser de carne y vivir, entre zarpazos y goces, lo que el vientre bajo de la tejedora ofrecía, pues ella había aprendido bien y hasta el propio demonio dejaba de torturar a sus condenados cuando ella cerraba las cortinas de su recámara y exponía toda su piel a sus víctimas; fieles entregados a la experiencia máxima. Se dice que cuando la catedral de San Basilio fue terminada, Iván el Terrible quedó tan maravillado que mandó a cegar a su arquitecto en jefe para que jamás pudiera construir algo igual de palaciego; lo mismo ocurría con quienes llegaban al altar de paredes de seda de la araña, después de vivirla, de domarla, de tenerla, estaban dispuestos a ser muertos, despellejados y exhibidos como la más grotesca de las esculturas humanas, porque después de aquella experiencia la vida simplemente perdía sentido, y lo único que quedaba era obedecer a la dadora del placer.

Lo único que irritaba a la araña, tanto o más que no dar con su creación perfecta, era la detective que le seguía los pasos, desbaratando toda manualidad cárnica erigida por la araña. La detective, mujer de contorneada figura y poderosa cabellera de brea, destilaba un influjo fascinante, poderosa Eva morena dispuesta a todo por atrapar a su perseguida. La araña la odiaba y la deseaba, le profería denuestos y calmaba su calor pensando en su tersa piel.

Siempre errático, su viaje, la depositó de rodillas, descalza y desamparada en el cuarto acolchado; las correas apretaban más que la última vez y su gaznate raspaba como si por dentro fuese de grava. Su cuerpo comenzaba a fallar, la sangre de sus dedos se retiraba dejando su piel pálida; las ojeras que le marcaban el rostro era cúmulo de sueño ignorado, lágrimas y dolor, un dolor imposible de ubicar pero que se sentía en todo el cuerpo. Su espalda, encorvada, dirigía su frente al suelo como si la muerte, en el subsuelo, deseara plantarle el beso de la bendición, marcarla para darle la pronta bienvenida. Así se sentía si no era la araña, cuando no era la araña. La única explicación que tenía para esta opaca realidad era que su subconsciente la encerraba y castigaba por no lograr aún su cometido, por estar siempre lejos de la mariposa ideal sin importar cuantos devotos haya sacrificado ya.

Un nuevo ramalazo en su pecho recogió su corazón hasta hacerlo tan pequeño como sus esperanzas de salir de aquel encierro. Sintió en ese momento el súbito terror, el llamado de la parca, que hacendosa ya tenía la cama hecha para ella y los brazos prestos para llevarla con la parsimonia de la poesía. Su tiempo se terminaba, ¿o no? ¿Si moría dentro de la celda moría la araña tejedora o esta última sería libre para desatar la lujuria y la muerte por toda la ciudad?

Aún sin resolver cuál era la auténtica realidad fue llamada a la alcoba de una pareja. El hombre era joven, de mentón firme y músculos tallados, sus ojos expectantes solo eran sobrepasados por la emoción de su sexo al ver a la tejedora. Ella era un poco mayor que la araña, aún mantenía la firmeza de una buena juventud, en su busto despuntaba su añoro, delicada acuosidad resbalaba en su entrepierna. Ambos dieron la bienvenida a la leyenda hipnotizante, a la dueña de los placeres secretos: la araña tejedora; que dispuso de sus cuerpos de maneras abstractas, usando cada esfínter, cada dedo y maña que conocía, arrancando gritos de placer que rayaban en el dolor, pues en cierto punto, en el extremo, el goce y el sufrimiento terminan siendo lo mismo.

Luego de desafiar a Dios con las caricias más pérfidas y el placer más blasfemo la pareja estuvo dispuesta, agotada y rendida, como si una adinamia malsana hubiese profanado sus cuerpos; prestos a morir en el lecho de la araña. Ella emasculó al hombre de un tajo limpio para beber el chorro de sangre que emanaba de la bolsa gonadal, la cual compartió con la mujer, que se dejó rebanar la garganta después del primer sorbo. Ambos terminaron, luego de repetidas incisiones, hendir de carne, tallar de hueso, fragmentar y zurcir, convertidos en una mariposa humana de amplia envergadura, de alas pavorosas que teñían las paredes y techo del blando nido. Las vísceras dibujaban artes de macabras interpretaciones y los rostros fusionados de los fieles denotaban una satisfacción que burlaba el fin de su existencia.

Mas no era suficiente. Las alas de aquella mariposa eran fuego en la tundra, pero no era la creación que superaría a su antecesora. ¿Era imposible crear una obra que eclipse la mariposa humana viviente de la primera araña? ¿Acaso ella no era una araña tejedora, y solo podía crear polillas que asemejaban ser mariposas? Quizá el problema era el material. La primera araña usó a un amante y ella estaba repitiendo el proceso, quizá el insumo principal era el problema.

Con esta resolución en mente ordenó llamar al rebaño, a las decenas de hombres y mujeres que esperaban ser partícipes de los enigmas amatorios, de entregar el alma y morir mientras vivían la mayor revelación. La araña les concedió la oportunidad de unirse todos en una amorfa bestia de carne, una abominación interconectada por bocas y manos, por espolones erguidos y cuevas húmedas; juntos formaron un ser descrito en las alucinaciones de locos y visionarios; una sola criatura que exhumaba feromonas y deleite absoluto. Luego de tamaña hazaña, la araña exigió el pago correspondiente, y todos y cada uno de ellos estaban dispuestos a extraerse el corazón y darlo en ofrenda, mas la araña no quería que más sangre que la suya fuese derramada ese día. Ella decretó que su séquito la convirtiese en la última mariposa de sangre.

Así fue que su cuerpo se convirtió en arcilla de manos obsesas, de sed de placer y obediencia fanática. La reunión de demenciales mancilló el perfecto organismo de la araña de cabellos azabaches, separando piel de tejido conectivo, músculo de hueso, dislocando articulaciones, reestructurando el orden natural, haciendo uso de órganos y bilis para decorar a manos desnudas el santuario que encerró tanto regocijo insano.

Cuando la obra estuvo terminada los acólitos caminaron desorientados por las calles de esta ciudad maldita; con el propósito cumplido y sin manera de revivir el clímax pasado, sus vidas perdieron todo sentido; cáscaras deshumanizadas y consumidas esperando, deseando, la pronta muerte, la gentil y merecida muerte.

La detective fue convocada a la escena del crimen. Nadie se atrevía a ver lo que ahí esperaba por ser inmortalizado, comparado y vencedor. Mas la perseguidora había tenido suficiente de aquella barbárica campaña de homicidios sin control, enfrentaría cara a cara a lo que fuera que esperaba en aquella habitación de suaves paredes.

Cuando atravesó el umbral sus ojos vieron la magna obra, la culminación de una misión de meses de muerte y arte; la araña había mutado a la mariposa sangrienta más visceral, vesánica y horrible que jamás un humano haya podido ver. Era tan ominosa y perturbadora que llegaba a ser cautivadora y demencialmente hermosa. Tan enajenante que la detective perdió los estribos, cayó de rodillas y lloró a garganta partida, hasta rasgarse las cuerdas, hasta perder la cordura. Poseída por una furia que hervía como el calor de cien volcanes destruyó la aberrante y repulsiva obra de la segunda araña tejedora. Entre llantos y risas desaforadas se retiró de la escena del crimen sin dejar rastro, haciéndose una con las sombras.

Desde aquel día ella se escurre entre las calles de la ciudad perversa buscando, con una vehemencia idólatra, mariposas bermellón que vuelan desafiando al arte y sintiéndose una araña, un artrópodo de patas largas y sensual aura que cautiva y perturba a cualquier ser que caiga en sus redes, anhelando crear la mariposa de sangre definitiva.

«Todo lo que vemos o parecemos
es solamente un sueño dentro de un sueño».
—Edgar Allan Poe

LA MUERTE ROJA EN LOS REINOS ESLAVOS

Julio Cevasco

(1985, Lima, Perú) es un escritor de *grim dark*. Desde su primera publicación en la revista *Relatos Increíbles* en 2015 ha colaborado con cuentos en varias revistas virtuales dedicadas a la ficción especulativa. También participa en la aplicación *Tentacle Pulp* y en diferentes antologías publicadas en formato físico de varios países del mundo. Fue miembro de la Asociación Cultural *Lupus in fabula* (2016 – 2018), la cual promueve la literatura de ciencia ficción, fantasía y terror. Para *Uróboros 2020* preparó una selección de cuentos *grim dark* con el título *Cuentos de cabríos y caballeros crísticos* que pueden descargarse en *Lektu*.

—Nadie escapa de la muerte roja —le dijo al pordiosero muerto en el empedrado.

Era un borracho que cuidaba de gatos callejeros cuando no despotricaba en los solares contra impetuosos hidalgos, aunque desde que Servil, el nuevo regente, asumiera el trono, comenzaba a frenarse.

El mundo poco a poco sucumbía ante la plaga. Gitanos, pordioseros, nobles y bastardos morían noche tras noche, y hasta el príncipe palatino de la dinastía Solòukhin había caído con un ataque de tos en un paseo por la plaza de los barrios eslavos. Su cuerpo fue encontrado en medio de la basura. Carahueso se volvió a la oscuridad. Tras la bruma quedaba penumbra, miseria y recuerdos de gente que sucumbía a una pandemia que desangraba a los últimos habitantes de ese infame mundo. La estatua de la estrige encaramada en el templo se rompía pedazo a pedazo, así como la arrogancia de los nobles que el pueblo maldijera hasta que Servil asumiese el poder.

«Tiene buenas intensiones —pensó Carahueso— como todo gobernante que no quiere asumir el cargo».

No en vano aspiraba peste a cadáver tras su careta. Cuando le preguntaban de dónde venía, guardaba silencio, aunque una madrugada lo habían visto andar ante despojos de soldados en lejanas ruinas.

Decían que arredraba a los gitanos, mas no por sus harapos, su capucha o su guedeja, sino por los rumores que corrían por los reinos.

—Nadie escapa de la muerte roja —respondía cuando le pedían consuelo.

«No tengo nada que ofrecer».

Se limpió la sangre que escurrió por su nariz antes de que parase el carromato. Corrieron la cortina desde dentro y asomó el rostro de Servil.

«Mierda... ¿En dónde diablos me he metido?», parecía decir.

Carahueso lo miró con compasión. No se veía más miedoso que un gitano con síntomas.

«Primero viene la tos. Pasado un tiempo saliva con sangre. La boca se pone roja antes de que se plague el resto de agujeros. Nariz, ojos, orejas, ombligo, incluso anos, coños y pollas».

—Sube —ordenó Servil después de abrir la puerta del carro—. Los magistrados quieren tenerte en el castillo. Te han visto, enmascarado, y han corroborado que la peste no te tumba.

—Soy igual que todos. Tarde o temprano me llevará.

Carahueso pasó, y tras sentarse y cerrar la puerta vio a un noble tan sucio como un mendigo. La esclavina con la estrige, el símbolo de su casa, le permitía viajar con sus escoltas, mas ninguno de sus títulos bastaría para obligar al vagabundo a mostrar su rostro.

—¿No vas a enseñarme quién eres? —preguntó el regente.

—Uso una máscara de castigo, mi Señor. Si me la saco, me arrancará la piel, y no querréis presentar a un desollado a vuestra corte.

Servil asintió. El carro, despacio, empezó a moverse. Fuera los cuervos circunvolaban la plaza, aunque pasado un rato se estrellaban en estatuas mientras gitanos cubiertos con griñones corrían tras la carroza y la guardia de encapuchados.

—La gente decía que veníais a por mí —susurró Carahueso—, pero ignoraba que vos y los mendigos buscabais lo mismo.

—Es en nombre de mi pueblo, no en el mío, en que te visito —repuso Servil.

—Eso no cambia las cosas. Todavía pienso que arriesgáis demasiado por menudos desconocidos. Tal vez os cubrís de pies a cabeza con esos trapos, tal vez os tapéis hasta la boca, mas no olvidéis que en vuestro regreso podríais llevar a la muerte roja.

Servil asintió, y sus ojos decían que salvar vidas implicaba riesgos.

—Mi decisión no cambiará, mendigo, a menos que te niegues a venir conmigo.

—¿Tenéis familia, mi Señor? —No era una pregunta lógica.

—Tengo una esposa que espera un niño —Tampoco era lógico responderla— y dos hijas que

126

aguardan a por mi junto a nuestros perros.

—¿No creéis que el llevarme las pone en peligro?

—Ellas me aman —añadió el regente tras una pausa—. Me aman por las decisiones que tomo, que tomé y que noche tras noche sigo tomando.

Decisiones que convertirían su castillo en una tumba.

«El sepulcro de los Soloùkhin —pudo decir Carahueso— será el último sepulcro de los reinos eslavos».

Pero al ver a Servil prefirió callar. Por vez primera trataba con un hombre a carta cabal, distinto a otros nobles que torturaban gitanos hasta enviarlos a las mazmorras. La sangre corrió por la nariz de Carahueso, mas el hilo se perdió en su bigote como en sus tiempos de prisionero.

—En vuestro castillo —añadió—, nada cambiará cuando yo llegue. Verme como un amuleto no hará que vuestra gente escape de la muerte.

—Mi pueblo nunca ha pensado esas cosas. —Servil descorrió la cortina.

Los obeliscos lucían mojados y las marcas en sus paredes, despintadas por la lluvia. Carahueso observó. En su momento fueron símbolos gitanos, trazos sin sentido que brindaban protección y que su pueblo marcó en los barrios que circundaban el castillo. Cuando estuvo en los calabozos veía a prisioneros dibujarlos con sus heces para alejar demonios.

—¿Quieres que pinte vuestros muros, regente? —Fue una pregunta directa.

—Mi gente quiere...

—La gente que quieres salvar ha condenado a mi pueblo por generaciones, pero ahora que nadie puede hacer nada por vosotros, recurrís a uno de los que despreciabais para que os marque las paredes.

—¿Te estás negando?

—No he dicho eso, mi Señor. Puedo ayudaros, si queréis.

—Eso me alegra. —Fue un susurro, mas no de orgullo, sino de vergüenza.

—Solo debo advertiros algo —Carahueso continuó, pero debía tener cuidado. Era un apestado, y no quería que lo colgasen por un malentendido antes de cruzar el puente—. Pintaré donde queráis, aunque es mejor que sepáis que esas marcas no sirven.

—Lo he oído antes. ¿Por qué estás tan seguro de lo que dices?

—Porque conozco suficiente. En los calabozos los presos pintaban los muros mientras nadie miraba para que los diablos no entrasen, aunque al quedarme despierto solo aparecían soldados para dañarlos. Pintar vuestros muros, Lord Regente, no servirá.

—No importa. Tampoco creo en la brujería ni en nada que se parezca. Mi gente dice que si la peste no vino es porque la ciudad estaba teñida con símbolos. Estábamos tranquilos, enmascarado, tranquilos hasta que una noche cayó la lluvia, y ahora todos han cambiado. Se asustan con un estornudo. Se miran con recelo si alguien tose. El caos emerge despacio, y cuando me paro en las almenas para ver el horizonte pienso que el cielo no quiere salvarnos.

«Ni el cielo ni los gitanos», pudo decir Carahueso, pero se condenaría al soltar injurias.

—Si pintáis nuestros muros, podréis quedarte cuando pase esta calamidad —continuó Servil— e incluso me encargaré de daros esposa.

Carahueso se rio al tiempo que un puente de madera caía tras las tinieblas.

—Dudo que con esta máscara alguien quiera desposarme, pero como os comenté, marcaré lo que queráis, cuando queráis y donde queráis, si eso basta para que vuestra gente no se rompa.

Servil asintió. Carahueso notó que el hombre respiraba con alivio, pese a que la muerte rondaba por el foso de los Solòukhin, pese a que arribaba un desconocido encerrado por lustros gracias a edictos de antiguos monarcas y a que las marcas de los gitanos no funcionaban.

«Menudo hombre sin carácter, aunque lleno de esperanzas. Ya verá qué pasará por ignorar mis palabras».

Aguardó mientras la sangre corría de nuevo por su nariz. Se limpió. Respiró con profundidad al tiempo que la carrosa ingresaba en el castillo, escoltada por caballeros encapuchados que quizá trajeran la muerte roja pegada a sus ropas.

«… y de todo se adueñó la tiniebla, la corrupción y la muerte roja».

Las palabras del reo eran un susurro en la oreja de Carahueso, que contemplaba su imagen en el espejo de la alcoba. Los harapos que vistiera al llegar en la carrosa los quemaron los sirvientes en el patio de armas, y poco después, lo bañaron para quitar rastros impuros. Los magistrados dijeron que era un símbolo de saneamiento, un entierro de un pasado en guetos de gitanos, ya que pronto integraría el séquito real. Él pensaba que buscaban sarna o infecciones para colgarlo.

Hallaron mugre y picaduras.

Tras volverse a la ventana los truenos bramaban mientras el chaparrón tamborileaba sobre los adarves, la garita y el camino de ronda. El caudal del foso aumentaba a medida que un aire de esperanza recorría los pasadizos relajando a los consortes, pero Carahueso sabía que era un clima pasajero antes de que apareciera la muerte roja.

«Poco a poco caerán».

Las palabras del prisionero que resonaban en su oído serían proféticas.

«La muerte morderá a todos, no importa que los Solouskhin se unten bálsamos tras las orejas ni que me den una túnica nueva», se dijo al sacar una prenda carmesí de los arcones.

El esmalte sanguíneo de la casa real advertía un fario funesto al tiempo que la nariz del mendigo seguía sangrando. Las primeras gotas rojas en su saliva aparecieron una mañana tras desayunar con la familia de Servil, y aunque las niñas le sonrieran para animarlo, su calor no era distinto al frío de las mazmorras.

—La magia gitana quizá no sirva, mas pocos saben que en caso exista, se maneja al fluir con la vida —le dijo el reo en su recuerdo, dentro de la mazmorra—. Es cuestión de aceptar las circunstancias vayan bien o vayan mal.

Carahueso asintió.

Pronto abrirían las celdas y los guardias los echarían por misericordia. Mientras tanto esperarían a que la muerte cabalgara por los pueblos eslavos despachando a los infortunados con su tajo de guadaña. Ellos no morirían. Los años con el anciano le enseñaron a ir acorde con un mundo que se ahogaba en un mar rojo con centenares de víctimas, así que después de salir del calabozo emprendieron un viaje por las ruinas. Pasado un tiempo el viejo murió mientras él siguió con su empresa recordando que el fluir lo situaría lejos, tan lejos que nunca imaginó que comería de la misma mesa con sus enemigos como perros, ratones y gatos, ni que la muerte roja lo mordería despacio.

Tras probarse la túnica salió a pasear por el

camino de ronda y se encontró con Servil. El regente andaba con el ceño fruncido, los ojos saltones de preocupación.

—Dos magistrados se acaban de ahogar en la puta tos roja. —Fue un susurro con pena.

—¿Y que haréis, mi Señor?

—Lo que se hace en estos casos. Avisar a los ballesteros.

En realidad ya había avisado, así que al cabo de un rato, después de separarse, las tropas irrumpieron en las alcobas de los funcionarios.

Esa misma noche unos soldados arrojaron dos cuerpos al foso, y cinco días después se sumaron los cadáveres de una comadrona, tres ujieres de la torre del homenaje, ocho húsares, cuatro coraceros y seis escribanos.

«Nadie escapa de la muerte roja —pensaba Carahueso en su alcoba, a sabiendas de que la gente lo evitaba y que murmuraba que él había traído la peste al castillo—. Es la mera verdad».

Esa noche no probó alimento. El comedor estaba vacío porque malas noticias seguían llegando.

—Una hija del regente —dijeron los conserjes— se desangra mientras su esposa muere de tos.

«¿Con un niño en la panza? Menuda muestra de amor de dios».

En el fondo creía que todo ocurría por condenarlo, incluso sin conocerlo, pues nunca se opusieron al cautiverio gitano. Pensaba que las cosas llegaban por ley natural en el momento adecuado. Caminó hacia la ventana con porte relajado mientras los ujieres morían desangrados en los pasadizos. Unos arqueros se torcieron en los adarves mientras otros se apoyaban en los resguardos, vomitaban, y caían.

Sonó una campanada. La puerta se abrió. El capitán de la guardia, cubierto con mantos negros y la insignia de la estrige grabada en el yelmo, entró con dos soldados para despacharlo.

Sus hombres lo miraron y temieron.

—No escaparás, perro.

—¿Son órdenes de Servil? —preguntó Carahueso.

El capitán no respondió. Soltó una blasfemia en cuanto un soldado tropezó para ahogarse en la tos mortuoria.

—Mierda… —susurró el escolta de al lado.

—Es lo que causas tú, monstruo —acusó el capitán tras su visera.

—Si Servil quiere mi muerte —repuso Carahueso—, la aceptaré. Solo recuerda que tu pueblo lo obligó a traerme.

—Cierra la boca, o te haré tragar tus palabras con el estoque de mi espada.

Era un guardia enfurecido que no pensaba con claridad. El viento entró por la ventana, revolvió la túnica del enmascarado y los hombres avistaron su pecho de cadáver. El escolta soltó el acero antes de poner pies en polvorosa. Corrió dando brincos como un cordero por el extenso pasadizo y cuando su superior se giró a mirarlo, el soldado se desplomó sobre un charco de sangre.

—Nadie escapa de la muerte roja —dijo Carahueso sin inmutarse.

—Hijo de... —se quedó corto el capitán, la visera cubierta de sombras.

El hombre parecía empequeñecido ante el gitano que se acercaba despacio. Pese a protegerse con su armadura, pese a estar entrenado, empezó a temblar. Carahueso estiró la mano para tocarlo y el miliciano cayó de hinojos mientras una catarata de sangre se escapaba de su barbote. Después de verlo morir siguió su rumbo. Entró en el pasillo ante gritos de mujeres, niños y sirvientes que se desplomaban para ahogarse en saliva carmesí. Miró a un costado. Las puertas de los cuartos estaban abiertas. No conducían al aposento de Servil, y tras andorrear un rato como si fuese la muerte, se topó con un regente que aguardaba con sus hijas muertas en brazos, recostado en un muro al fondo de la garganta. Tenía el rostro gris. La melena negra que le besaba los hombros le daba aspecto de cuervo.

—Trajiste a la muerte, hijoputa. —El susurro salió con sangre, y el hombre trastabilló al acercársele. Lo había perdido todo: castillo, servidumbre, hijas, esposa, hijo no nato.

—Os advertí que nada sería mejor si me traíais a este lugar. —La voz de Carahueso brotó con naturalidad—. Las marcas en piedra nunca funcionan, Lord Regente. También os dije que era cuestión de tiempo para que la muerte roja entrara en esta casa.

—También dijiste que de alguna manera... yo hacía bien las cosas.

«Hasta que fuisteis a buscarme. Después mandasteis todo por saco», pudo responder.

—La verdad es que siempre fuisteis complaciente y debilucho.

Servil enrojeció y se le escapó un espasmo antes de soltar a sus hijas e ir a golpear a Carahueso, que lo evitó al moverse a un lado.

—¡¿Quién se esconde tras ese rostro?! —escupió Servil—. ¡¿Quién diablos eres, maldito cabrón?!

—Solo un gitano —contestó— al que tu príncipe encerró en una jodida mazmorra.

Se mantuvo en pie, vio correr a Servil para golpearlo, pero lo recibió al aprisionarle las muñecas con sus frías manos. El regente cayó despacio, vencido, los ojos inyectados en sangre, antes de vomitar una cascada roja sobre su coraza. El viento entraba por las troneras a un castillo donde las voces se habían callado para dar paso al silencio, un sitio lúgubre de paredes de piedra donde el único habitante era un contagiado de una peste que había enlutado a los reinos eslavos, y que aún mataba por otras regiones del mundo.

Tras dejar al regente en un rincón junto a sus dos tesoros, Carahueso entró al aposento en que se hallaba la esposa. Pasó de largo ante los cadáveres de unas matronas hasta alcanzar la ventana y dio un respiro largo que lo dejó tranquilo.

Esa noche fría del invierno más húmedo de los reinos eslavos, el gitano contemplaba un panorama desolado al pensar que toda esa región poblada de obeliscos, torretas, gárgolas y estatuas de estriges encaramadas se había convertido en una tumba, y que tal como antaño dijese su compañero cuando estaban recluidos en las mazmorras, «de todo se adueñó la tiniebla, la corrupción y la muerte roja».

...tan seguro estoy de que mi alma existe como de que la perversidad es uno de los impulsos primordiales del corazón humano...

GRAZNIDO

Pablo Espinoza Bardi

(1978, Arica, Chile). Editor en Cathartes Ediciones y guionista en Dark Rabbit Comic. Ha publicado los libros: «Necrospectiva», «Cuentos de Gore, de Locura y de Muerte», «La Maldición de los Whateley y otros relatos», «Insectario», «Urlo» y «Como el protagonista de un film clase B». Algunos de sus textos han aparecido en antologías nacionales e internacionales, de las cuales destaca: "En el nombre de Satán", "Teorías sobre Conspiraciones", "Dismórfica: Letras Descarnadas", "Antología Pulp Primitivo", "Nictofilia 4: Dossier poesía grotesca", "Cerdofilia", "El Monstruo era el Humano", "Horror Queer", "Horror Bizarro", "Cuentos sobre la Luna", "I concurso de cuentos de terror 2018".

"El Windigo es otro ejemplo de un síndrome de posesión asociado a un modelo cultural que ocurre entre los indígenas del noreste del Canadá. Se trata de un comportamiento indeseable y de desviación que puede culminar en homicidio a través del canibalismo. Se cree que un espíritu come la carne humana y que puede forzar a cualquiera a hacer lo mismo (...) En el Windigo la llave del problema tal vez esté en el conflicto al que estos indígenas se enfrentan ante la falta de alimento, en el riguroso invierno ártico, donde se está amenazado de morirse de hambre. Algunos, cuando presentan la crisis, buscan el shamán para ser curados y otros piden que se les dé muerte antes de que empiecen a atacar y a comer las personas (Murphy, 1978)".

Moscas. Todas revolotean con una sintonía casi maligna. Imaginas como se mueven en la oscuridad, por cada habitación o recoveco. El sitio huele a animal muerto. Algo podrido gobierna esta casa y una sensación de desasosiego te oprime el corazón. De todas formas tu instinto de supervivencia y de protegerte de la lluvia te llevó a este sitio; una cabaña en medio de la nada. Y hablando de "instinto", ¿estás seguro que fue eso lo que te trajo a este orificio sepulcral?

Esperas cada relámpago para poder ver algo dentro de ella. Los destellos iluminan el interior y el lugar adquiere formas nefastas. Alcanzas a entrever una chimenea y frente a esta un sillón. Te acercas. A un costado hay maderos y algunas lámparas de petróleo. Gracias al combustible y después de varios intentos logras encender la hoguera. El color anaranjado te trae algo de tranquilidad, incluso, pareciera que las sombras son repelidas y retornan a sus dominios. Por fin respiras aliviado y es agradable. Acercas el viejo sillón al fuego y te hundes en tus pensamientos. Miras con más detención el lugar, escuchas las goteras, la lluvia cayendo pesada en la calamina, el viento que entra por una ventana y algo que cae y rueda en el piso de arriba... el fuego se inquieta, chisporrotea y la madera del techo crepita.

Sobre la chimenea, en la pared, hay varios cuadros, pero hay uno que resalta entre todos los demás; es un retrato ovalado. En el distingues a una joven repartida en una tela cercada de arabescos dorados. La pintura solo muestra la cara y el torso. De cierta manera te recuerda a las fotografías post mortem, ya que la paz reflejada en su rostro solo puede ser concedida por la muerte. Es una belleza tan pálida como la luna, dirían los más románticos, aunque otros, los que se mueven bajo adversos designios, dirían que se asemeja al hongo carnoso que prolifera en cementerios y casas abandonadas, donde el entorno se rinde ante la humedad y la roña. La observas y no dejas de hacerlo, sigues con la mirada cada contorno cadavérico con extremo deleite, pero luego te percatas del sonido de las moscas y eso te saca de tus reflexiones. Agitas tu mano para quitártelas de encima, pues se sienten en todas partes, y vuelves al calor de la chimenea para exorcizar tus temores. Piensas en ellas formando parte de la oscuridad, como un solo organismo esperando el momento propicio para atacar. Tomas una lámpara de petróleo y la enciendes. Caminas a paso lento e investigas el perímetro. El sonido de las moscas se siente cercano, y la casa exhala recordándote a un animal herido: cruje, susurra, se expande y retrae.

Sobre una mesa aún hay restos de comida. Puedes ver un escarabajo caminando sobre un trozo de queso en estado de descomposición. Quitas la mirada y te aguantas las ganas de vomitar. Supones que una vida putrefacta te rodea para invitarte a formar parte de ella. Sales del comedor. Llegas a una suerte de estudio, pues ves un mueble con libros, luego hojas y pinceles desparramados en el piso, y al final un atril con un bosquejo a medio terminar, de "algo" entre humano y animal. El hombre está desnudo y una máscara resalta en su cabeza, como el cráneo de un ave coronado con plumas negras. Junto al dibujo hay una libreta. La examinas. Las fechas son casi recientes, de hace no más de un mes. Algo no cuadra. La mayoría está compuesta de escritos breves, algunas notas y apreciaciones varias. Vuelves a mirar el estado de la casa y no te imaginas a alguien viviendo allí. Vas a la última fecha. La nota se titula "Enfermedad"... vamos, léelo, estoy ansioso de esto:

«Le mentí. Toda mi vida lo he hecho y no me arrepiento. Ella amaba las flores; las amapolas. Soñaba con un jardín, con tener un huerto. Fue así como nos mudamos a este sitio alejado del mundanal, perfecto para trabajar en mis óleos. Mientras pintaba podía ver como ella jugaba radiante en el jardín, danzando con su inocencia incólume... o bueno, al menos yo lo quería ver así, pues nunca hice caso de sus martirios. Se quejaba a cada momento, lo podía intuir a través de sus expresiones que la delataban. "No era lo que me prometiste" leía en sus gestos. Solo había lodo y frustración. Estaba inmerso en mi arte, estaba entregado en cuerpo y alma. Sé que ella veía con celos esta comunión. De todas maneras me daba lo mismo. Solo admiraba su belleza, su exterior, pálido como las setas. Podía adivinar sus pensamientos, cargados de odio. Mientras sus labios entregaban miel sus ojos eran puñales lanzados desde la distancia. Aprendí a convivir con ello, pero algo fermentaba dentro de mí.

Con el pasar de los meses percibí que el bosque aledaño tenía cierto influjo, el cual en primera instancia interpreté como; negativo. Tenía sueños extraños, de animales alados, de cuervos arrancándome los ojos, de estar pincelando con la pintura más negra en la tela, la que se expandía como un cáncer desde el pincel a la mano, para luego contaminar todo mi cuerpo. El graznido de un ente antiguo me llamaba, me susurraba desde el bosque. "¿Qué te parece este lugar? Nosotros lo preparamos para ti", me parecía oírle decir.

Luego me obsesioné con la figura de aquella ave infernal, cruza bastarda entre hombre y naturaleza primordial. Lo llamé "Wendigo", tal como lo hicieron los nativos de esta zona. Tracé cientos de dibujos de un ser humanoide, unión de pájaro y persona. Así fue como comencé a dejar de lado a mi mujer, a ignorarla, y a ver esto, después de todo, como algo positivo.

Día a día se marchitaba en el rincón de la casa, mirando esos estúpidos cuadros de amapolas; absorta, apagada. Pero no me importaba. El bosque graznaba mi nombre y ello se manifestaba en mi arte y espíritu. Pasaron muchas primaveras. Solo salía de casa para traer víveres, aunque con el tiempo comencé a rechazar la comida, a sentir malestar con cada bocado. Ya no me satisfacía e ingerirla me ocasionaba náuseas.

El estudio se transformó en mi segundo hogar y, aún así, nunca se fue de mi lado. Pobre. Tuvo la oportunidad de hacerlo... de abandonarme, pero estaba atrapada en su huerto mental y se mantuvo fiel a mi lado. Sus palabras de miel trataban de persuadirme cada día. "¿Asistir a un especialista?" ¿Acaso deseaba extirpar mi arte? Algo había en mí, y pugnaba por salir.

Debo admitir que nunca me fijé en su abrupta baja de peso, si se alimentaba o no. Sencillamente se fue apagando. Era un espectro que deambulaba por la casa.

Daba vueltas sin sentido y retornaba al rincón de las amapolas. Ahora, esto quizás resulte raro, pero con el pasar de los días fue adquiriendo un nuevo tipo de belleza. Mi dulce niña, tan blanca, tan fantasmal. La traje a mi estudio. Deseaba inmortalizarla a como dé lugar. En el proceso la poseí cientos de veces, sobre mis dibujos, sobre mis pinturas... sentí un impulso de empaparme de su disminuida vitalidad; de sus ojeras, sus marcadas costillas, su carne lechosa... y entonces allí fue cuando sobrevino el hambre.

Al principio gritó con una débil vocecita. Mordí su brazo derecho, arranqué un trozo grande, mis dientes rozaron inclusive parte del hueso. Sus labios miel no decían nada, quizás no tenían la fuerza suficiente, aunque la verdad a estas alturas ya nada importaba... el ente demoníaco graznaba dentro de mi pidiendo a gritos saciar mi enfermedad.

Fui al cuarto de las herramientas por algo que me ayudase en el proceso. Después de horas solo quedó la cabeza adherida al torso. Sin embargo, se veía radiante, al igual que una efigie, con una perfección que rayaba en lo celestial. Tomé su cuerpo y lo puse sobre una silla. Mi mejor pintura, puedo decir. Glorificada, lejos de la carroña. Triunfal...»

Soltaste la libreta y te llevaste la mano a la boca. No tuviste estómago para leer hasta el final. El sonido de las moscas, constante, repetitivo, solo hace exaltar tu repulsión. Alumbraste en todas direcciones y no viste a ninguna de ellas. ¿Has pensado en que quizás te estás volviendo loco? ¿Que el sonido lo tienes grabado en tu mente y ello te juega una mala pasada? A pesar del hálito rancio que vaga en el lugar, de la mala vibra que fluye a diestra y siniestra, por primera vez sé que sientes miedo.

Los ruidos en la cabaña se incrementan. Ventanas que se abren por el viento toman ahora otra connotación. Ojos observando desde vórtices donde nunca ha llegado la luz del sol. ¿Escuchas pasos en el segundo piso, como algo arrastrándose de forma pesada? ¿Y esa puerta? Se cerró de golpe, un pestillo que hace *click*. Puedo oler tu temor... y creo que deberías huir, no quedarte como lo hizo "ella", no dejarte atrapar por el influjo maligno que habita esta casa, pero vuelves al *hall*, y vas alumbrando las paredes cuadro por cuadro. El zumbido lo escuchas más cerca... frío... frío... tibio... ¡caliente! Ya estás en el rincón de las amapolas, su lugar favorito, la gruta final para una santa inmaculada. Son tres cuadros sobre una mesita. Las moscas... oh, las malditas moscas, las que no saben guardar silencio, las que pasaron a ser parte de la banda sonora de esta cabaña... ahora claman por ti.

Corres la mesita. El zumbido se hace insoportable. Te arrodillas y dejas la lámpara a un costado. Pones el oído en el suelo y descubres que el infame aleteo proviene de allí. Buscas algún surco entre la madera y sacas la primera tabla. Eso es fácil, ya antes fueron removidas. Sacas otra y otra y una nube negruzca sale desde abajo de la casa. Te cubres el rostro. Miles de ellas se pegan a tu cuerpo, te revisten con su manto de agonía. El hedor que emana desde la fosa te ocasiona horribles arcadas… y al acercar la lámpara distingues la grotesca escena en todo su esplendor. Ahí estaba, la mujer de pálida hermosura, ahora superada por el albor gomoso de miles de larvas bullendo laboriosas, efervescentes. Debiste irte, como bien dije, pero ahora es tiempo de callar las voces, los graznidos, de saciar nuevamente mi apetito voraz.

PAIGASA

Daniel Olcay Jeneral

(1990, Arica, Chile) Psicólogo. Publicó *Asfalto_* (2013 - 2014) y *Yonkion* (2017). Antologado en *Tea Party 1* Antología Trinacional Perú/Bolivia/Chile; *Predicar en el Desierto: Poetas Jóvenes del Norte Grande de Chile* (2013); *Halo: 19 Poetas Chilenos Nacidos en los 90* (2014); La Taberna de Innsmouth 1 y 2 (2017 y 2019); *Confinamiento: Antología de Terror y Ciencia Ficción* (2020), entre otras. Ha publicado la traducción latinoamericana de Los Dioses de Pegana de Lord Dunsany; 2BRO2B de Kurt Vonnegut Jr. Recibió la Beca de Creación Fondart de Chile (2018 y 2020). Editor de Damabe Grupo Editorial.

> *"Y los ángeles pálidos y exhaustos, ya de pie, ya sin velos, manifiestan que el drama es el del "Hombre", y que es su héroe el Vencedor Gusano."*
>
> —POE

I

"Bien está vivir, bien está morir", dijo uno de los vecinos del pueblo, con esa naturalidad propia cuando alguien muere en el altiplano. "Ahora descansa, compadre" dijo entrecortado otro vecino, mareado por el vino que se escabullía por la comisura de sus labios, esbozando una sonrisa de consuelo. El viento hacía temblar los huesos. La noche era una excusa para alimentar el dolor con cantos al fuego. Sin cruces, sin palabras ajenas y recitadas de memoria. La esposa del Señor M ha muerto. De hecho, fue asesinada por el sacerdote del pueblo, un joven misionero, de rostro suave y acaramelado. La esposa del Señor M se llamaba Lucía.

El pueblo de Belén se encuentra a unos ciento cincuenta kilómetros de la ciudad, y del océano. Las casas de adobe, los campos de orégano, el tibio aroma de los eucaliptus, y el sol naciente y durmiente que vaga entre cerros, no tiene nada que ver con el poblado bíblico, ni con ningún mesías, ni con ninguna estrella presagiando el doloroso nacimiento de nada ni nadie. Belén existe, y con eso basta. Es el perfecto lugar para matar, esconderse, huir, llorar, pues si este fue uno de los parajes "donde el Diablo perdió el poncho", resulta difícil que Él aparezca pronto a buscarlo, con tantas cosas aún por hacer en el universo.

El día anterior al arribo de aquel sacerdote a Belén, el Señor M tuvo un extraño sueño. Una luna de color carmesí resplandecía sobre un cielo de majestuosa oscuridad. El cuerpo del desierto parecía pálido, cruzado, quizás herido, por las aguas de un río teñido de matices azafranados y purulentos. Adornando el río se lograban distinguir nenúfares enormes, monstruosos de tanta desolación natural perdida en la total aridez. La sensación de una grotesca mano, sombría, gigantesca, inhumana, se posó sobre la cabeza del Señor M. Era un demonio. Lo podía sentir. Si bien, distinguir la imagen de un demonio resultaba imposible, la sensación era propia de algo sobrenatural. "Escúchame", dijo una voz que retumbaba con un eco eterno y retorcido desde las entrañas del Señor M. "El lugar al que me refiero es una lúgubre región en Libia, a orillas del río Zaire. Y allá no hay calma ni silencio". Abrió los ojos, sobresaltado por la experiencia. Respiraba entrecortado. Al recuperar el aire en sus pulmones, se dio cuenta que estaba en la cama, junto a su esposa. Se había quedado dormido con la ropa puesta, la ropa de fiesta, la del cumpleaños del vecino. A su izquierda, se lograban distinguir las botellas de vino vacías. Al otro lado, su esposa dormía, libre de todo mal. La luz lechosa de la luna iluminaba el rostro de la mujer. Se veía hermosa.

Al día siguiente de aquella extraña experiencia en sueños, las palabras permanecían dando vueltas como un rompecabezas echando raíces sobre un cerebro desvalido y temeroso. Estuvo callado durante el desayuno, y distraído en los campos de orégano. Al volver a casa para almorzar, Lucía, su esposa, no estaba. Primero, una confusa rabia lo invadió. Luego, una preocupación descomunal. Salió en su búsqueda por las polvorientas calles de Belén. Parecía un pueblo fantasma. El miedo aumentaba al igual que las palpitaciones de su corazón. El alma volvió a su cuerpo al divisar en la iglesia principal, una gran multitud. Se acercó a un vecino, y este le indicó la llegada del sacerdote nuevo. Al dirigir su mirada al portal de la iglesia, divisó a su esposa, al lado de aquel lozano misionero de ojos brillantes, ovacionado por todos en el pueblo.

Los sueños del Señor M se volvieron recurrentes. La región de Libia, seguía siendo un enigma. Bebía con más regularidad con tal de acallar las imágenes y voces nocturnas de su imaginación. Su esposa, preocupada, se aferró en la iglesia, iba todos los días a rezar, y desahogarse con el sacerdote. Curiosamente, gran parte de las mujeres del pueblo, comenzaron a abrazar las cruces de su hogar, y repletaban los primeros asientos de la iglesia cada día. El joven misionero tenía cierto misticismo magnético. Su juventud y adorable sonrisa, era una especie de luz en la extraña desolación, allá en el altiplano.

El Señor M comenzó a demacrarse físicamente. Su rostro parecía que había sobrevivido a cien inviernos, mientras que su esposa, ganaba energías y luz en su andar. Lucía, su esposa, siempre fue hermosa. Sus pómulos pronunciados combinaban a la perfección con sus ojos rasgados y pardos. Su tez morena era un símbolo de virginal dulzura, embelleciendo su rostro aquel largo cabello azabache. Su cuerpo y humanidad era un regalo del cual el Señor M nunca se sintió digno. Si bien no pudieron tener hijos, la sola presencia de Lucía era suficiente para ser feliz. Sin embargo, nunca se lo dijo.

Había llegado el verano a Belén. Las lluvias se avecinaban, como todos los años. Ya más de un mes que el sacerdote permanecía en el poblado. Muchos hombres guardaban celos en silencio pues sus mujeres ya no estaban disponibles en casa, como antes. Se sentían vulnerables y diminutos, llenos de violencia venenosa.

El día de su muerte, Lucía, salió de casa con un vestido blanco y negro. Cargaba un ramo de flores como ofrenda a la virgen. Se despidió del Señor M, agitando su mano. El Señor M la observó. Quería decirle que se veía bellísima, pero no lo hizo. Solo movió su cabeza, en señal de adiós.

Era más de medianoche, y ella aún no llegaba a casa. Ya iba en su segunda botella de vino. La cólera nacía desde sus huesos rápidamente, invadiendo todo su cuerpo. Esperó quince minutos. Tomó la escopeta que guardaba bajo su cama, y partió en dirección a la iglesia. Belén era aterrador por las noches, no por la oscuridad, las sombras o el frío espiritual, sino por el silencio perfecto que cargaba por sus amplias y polvorientas calles.

Llegó a la iglesia. Estaba vacía. Cirios y velas iluminaban el altar en total soledad. El Señor M, nervioso, ingresó violentamente en cada habitación de la iglesia con tal de encontrar al sacerdote, a su esposa, o alguna pista que lo guiara a una de sus tantas preguntas. Llegó a un lugar que parecía ser la habitación del sacerdote. Al escudriñar desordenadamente las cosas, encontró algo que lo llenó de una rabia infernal. Era una cámara fotográfica digital. Al revisar las fotos guardadas en la memoria, descubrió una serie de imágenes del sacerdote con las distintas mujeres del pueblo, solteras, casadas, jóvenes, ancianas, todas en total exposición sexual, con el sacerdote como protagonista principal. Sin embargo, había una imagen distinta a todo el contenido lujurioso creado por el sacerdote. Era la fotografía de un desolado lugar en Belén. Resultaba extraño, considerando el morboso registro que tenía en sus manos. Sin dudar, se dirigió a aquel lugar, que reconoció entre tanta adrenalina, esperanzado, teniendo aún presente que su mujer no se encontraba en las obscenas imágenes del misionero. El Señor M salió intempestivamente de la habitación. La puerta golpeó tan fuerte que la única cruz del lugar se volteó, sin vaivén alguno.

La lluvia había comenzado. El Señor M avanzaba con torpeza sobre la tierra mojada. Sabía que estaba cerca del lugar, podía sentirlo. La luna se veía inmensa aquella noche. Continuó avanzando hasta que escuchó unas voces en armonía a lo lejos, en una especie de canto desconocido. Bajó el ritmo de su búsqueda, aproximándose lentamente. La luna estaba a su favor, pues su luz le daba cierta ventaja en medio de la lluvia. A unos metros del lugar, observó a las mujeres del pueblo, desnudas, formando un círculo alrededor de algo o alguien. Cada mujer tenía dibujado en la espalda un extraño símbolo, que el Señor M no podía distinguir si se movía o era la sombra de la luna que hacía parecer su movimiento. Avanzó un par de metros, pues no quería equivocarse al tomar una decisión. No lograba ver a su esposa, por tanto se aproximó un poco más, cuidadosamente. En ese momento, las mujeres se arrodillaron. Y ahí pudo ver en totalidad la escena. El joven sacerdote, bañado en sangre de una oveja degollada que yacía a un par de metros, y su esposa, ambos desnudos. Él en éxtasis, ella paralizada. El Señor M quitó el seguro de su arma y disparó, al mismo instante en que el misionero, levantó el cuerpo de Lucía, y clavó una daga en su espalda. El impacto de bala lo recibió Lucía.

El círculo de mujeres se dispersó con el sonido de la bala que rompió el magnetismo de la noche. El sacerdote dejó el cuerpo de Lucía y corrió en errática dirección. El Señor M volvió a disparar, y alcanzó una de sus piernas. Se aproximó al cuerpo del joven, y puso su gran bota sobre la herida. Un grito de dolor reverberó la noche lluviosa, y colérico dijo, antes de perder el conocimiento: "¡Indio de mierda. Condenaste a este lugar! ¡Libia no está tan lejos como crees! ¡El silencio llegará!". Tomó de una pierna al sacerdote, y lo arrastró hasta donde se encontraba su mujer. Observó el rostro de ella, que se iluminaba con luz de la luna, ahora carmesí.

La policía llegó al lugar, luego de un par de horas, pues las mujeres del pueblo llegaron confundidas, desnudas y heridas. Todas confirmaron la versión del Señor M, sin embargo, reclamaban que se encontraban bajo una especie de hechizo. Sabían lo que hacían pero no podían evitarlo. La noticia causó revuelo a nivel nacional, y fue sujeto de estudio de múltiples análisis psicológicos sobre el comportamiento de las sectas y la influencia en la decisión humana. Por otro lado, a nivel de investigación, se pudo comprobar que Lucía ya se encontraba muerta al momento que recibió el impacto de bala del arma del Señor M.

Como es tradición en el pueblo, se hizo la ceremonia correspondiente para que el alma de Lucía no se perdiera en el mundo terrenal. No obstante, fue la primera vez que tal acto se realizaba sin sacerdote. De hecho, la gente del pueblo quemó el santuario, y renegaron de la iglesia, decretando que no aceptarán ningún tipo de religión ni nueva evangelización.

La muerte en Belén es un viaje. Luego de las exequias, el velorio y el entierro, a los ocho días se realiza la *paigasa*, o "despedida del alma". Al no haber mujeres en el pueblo, solo niñas, que afortunadamente no fueron víctimas del pervertido sacerdote, la hija del vecino participó en esta ceremonia, junto a su padre y el Señor M. El proceso del "lavatorio" corresponde a la quema de los ropajes del difunto, en este caso, Lucía, y son ellos tres los responsables de realizar todo según la tradición. El lugar del velorio, se barrió con mucho cuidado. Posteriormente, cada mueble se volteó y la puerta se cerró con llave. En ese lugar, se quemaron las ropas de Lucía, pues el humo de la hoguera y las figuras del fuego deben presagiar las próximas tres muertes del pueblo.

El Señor M observó el fuego, en silencio, pero solo podía ver a Lucía, una y otra vez.

II

Pasó un año desde la trágica muerte de su esposa. El Señor M ha vivido en penumbras desde aquel entonces. Las pesadillas no cesaron. Todo lo contrario, se volvieron cada vez más reales. A veces despertaba lleno de heridas y magullado en la mitad de olvidados senderos. El pueblo lo veía como un borracho más, maltrecho, asesinado en vida, por la muerte de Lucía.

Belén se había transformado en una región lúgubre. Lugares que alguna vez fueron ricos en belleza natural y vegetación, se volvieron pálidos, secos y viejos. La gente del pueblo optó por migrar a la ciudad y abandonar su historia, antes de convertirse en historia. Al menos tuvieron una nueva oportunidad. El Señor M, no se sentía digno de esa nueva oportunidad. Deseaba regocijarse en la oscuridad.

Ya nadie visitaba Belén, por eso es que fue tan extraña la aparición de Ligeia en el pueblo. Ella no hablaba español. Llamaba increíblemente la atención, su pálido rostro, labios carmesí, ojos grandes, nacarados y vidriosos, que intimidaban a cualquiera que se cruzara por su camino. Sin embargo, la principal extrañeza tenía relación con la decisión en su andar, directamente a casa del Señor M.

Al golpear la puerta, hubo un eléctrico cruce de miradas. Ella ingresó, sin el permiso del Señor M. Apenas pudo reaccionar, fue como si se hubiese quedado paralizado. Ella hizo un gesto ligero y delicado que podía interpretarse como sus ganas de descansar y dormir. El Señor M, enojado pero al mismo tiempo perturbado por la incómoda situación comenzó a vociferar, mientras

Ligeia con plena confianza, tomó asiento. Sacó una bolsa de tela, y se la ofreció al Señor M. Abrió la bolsa, era oro. Una grandiosa bolsa de oro, brillando sobre su rostro. Al levantar la mirada, Ligeia ya dormía, desvanecida sobre su propio cuerpo en una silla al interior de la casa.

Aquellos días fueron de peculiar incertidumbre. El Señor M, no se sentía lo suficientemente intimidado como para expulsarla de su hogar, ni tampoco, cómodo con la presencia de la mujer. Si experimentó la extrañeza del silencio día tras día, lo cual lo llevó lentamente a la locura.

Al conservar el oro, se sentía con la misión de cuidarla, pero al mismo tiempo, la odiaba por convertirlo en una especie de sirviente. El juego de miradas era pieza clave de su comunicación. Realmente no hablaba español alguno. Al escuchar el nombre del Señor M, pronunciado por vecinos del pueblo, ella le transmitió su nombre con señas y movimientos de su cuerpo, manos y boca. Eso era lo único estrictamente necesario. Ligeia, hermosa pero indeseable Ligeia.

A veces el Señor M soñaba con Lucía. Más bien, tenía pesadillas con Lucía como protagonista de su imaginario. Era nuevamente aquella imagen demoníaca, palpando sobre su cabeza, dándole indicaciones sobre Libia, que no dejaba de repetirse como un mal chiste.

Parecía que la forastera, no pensaba irse pronto del poblado. Seguía sin hablar español, pero ya todos conocían su nombre. Luego que en Belén, no quedará mujer alguna disponible para vincularse, solo niñas, ella fue el centro de atención de un silencioso poblado que había abandonado la religión y el yugo de la culpa, abrazando el recuerdo de una salvaje libertad.

Empezaron a aparecer animales muertos en Belén. La escasa ganadería se vio en peligro por un extraño fenómeno. Los animales morían dejando cuerpos sin sangre desparramados por los senderos. El *chupacabras* se convirtió en el principal enemigo. Afortunadamente el Señor M se mantenía en el negocio del orégano.

Una noche, al despertarse sobresaltado, luego de soñar con demonios, nenúfares enfermos, ríos de sangre y lunas color carmesí, caminó a la cocina por un vaso de vino con tal de poder conciliar el sueño. Notó que Ligeia no estaba en su cama. La observó desnuda frente a una ventana, pálida como la luna de aquel funesto día en que su amada falleció. Ella se percató de la mirada del Señor M. Se acercó a él. Inmóvil, similar a la sensación del primer día en que la conoció. El Señor M no la deseaba, de tal manera que no podía hacer movimiento alguno, y se desvaneció en la energía de Ligeia.

Al día siguiente, al despertar, un frío descomunal percibía con sus brazos, el cuerpo verdoso de Ligeia yacía junto a él. Nervioso, se apresuró a lavarse la cara y beber un poco de vino matutino. Se dio unos golpes en el rostro y volvió a observar el cuerpo de Ligeia, ahora pálida como siempre.

Se sentía enfermo, culpable. Lucía había muerto hace un año, y parecía que todo avanzaba a destiempo. Vomitó, mareado de las preguntas que pululaban en su razonamiento. Ligeia se vistió, y salió, sin decir palabras, hasta la tarde de aquel día, como siempre.

Fueron tres noches de tortura, un funesto *Déjà Vu*, incesante y enfermo. Cada vez la noche se volvía una tormenta escabrosa. El vino se transformó en agua. Siempre la luna sobre su delicado cuerpo desnudo. La muerte silenciosa. La sangre de animales ya no era suficiente.

Ya era tarde.

Libia rompió las cadenas de su tormento, dejando libre al tormento en sí mismo.

El Señor M, observaba en los ojos de Ligeia, la mirada inocente de Lucía, una y otra vez, devorando animales y humanos, en el total silencio del poblado de Belén.

AQUEL QUE YACE

Gonzalo Fernández Bastías

(1985, Concepción, Chile) su profesión es Informática y se considera activista a favor del software libre. Pero también se dedica a la creación de fanzines bajo el seudónimo de "Tue-Tue" desde el 2013. Además, algunas editoriales independientes le han publicado algunos de sus trabajos, como su primer libro de cuentos "Narraciones Extravagantes" y el plaquet "El Mañana Oscuro". Ha participado en diversas antologías como en "Descubriendo Nuevos Mundos", "100 poemas Para ni roncar", "Planeta Z N° 14", "La Taberna de Innsmouth" (N°1 y N°2) y "Confinamiento, Antología de Terror y Ciencia Ficción". Hasta la fecha sigue escribiendo y creando obras visuales.

La lluvia torrencial forma una leve cortina movida por el viento silbante. Mientras la bruma hace su aparición sobre el cemento, Martín intenta buscar con impaciencia donde resguardarse del temporal que lo sorprendió en medio de su jornada nocturna. Está algo *«débil y cansado, en tristes reflexiones embebido»*. Piensa en lo arrepentido que está, por haber perdido su trabajo como cartero tras negarse a salir un día en que también llovía. Después de todo, ¿quién iba pagar los medicamentos? Pero era mejor que estar asaltando con un cuchillo a transeúntes que regresan a sus hogares por calles oscuras y solitarias.

Asaltar era un tipo de "labor" que dependía mucho de la suerte para hacerse de un buen puñado de billetes u obtener objetos que podía revender, por eso a veces, tendía a lamentarse por el viento costero y la mala visibilidad del sector, la cual empeora al adentrarse *«en la rivera de la noche plutónica»*, llena de espantos que se esconden entre humedales y sitios eriazos que se configuran adyacentes a casas, galpones, entre otras construcciones, formando un extraño archipiélago en un mar de urbanismo, dando al sector un aspecto siniestro y desolado. Por ello, era mejor regresar resignado al pequeño cuarto que arrendaba y lidiar con la casera, a quien le debía dos meses de alquiler. Desea, sin embargo, obtener al menos algunas monedas para comer, tomar el transporte público o encontrarse con alguien a quien quitarle una buena chaqueta, pues la que usa no resiste el agua.

El clima empeora y las manos de Martín comienzan a entumecerse. No tiene otra opción que encontrar cualquier cosa que le ayude a resguardarse hasta que la lluvia disminuya un poco. Entre medio de unas casas, vislumbra un pequeño bodegón de mala muerte, o "boliche", con las luces encendidas. Se siente con algo de suerte. Al entrar nota una barra, una estufa y un par de mesas algo viejas y sucias, ubicadas cerca de las ventanas, las que dan a la calle. Todo el lugar está iluminado por tubos fluorescentes que a ratos parpadean. Se escuchan las noticias desde un antiguo televisor encima de la barra. Dentro del lugar hay sólo dos personas: un borracho que duerme sobre una mesa y una mujer de unos cincuenta años de edad, la que atiende el local. Ella mira la televisión mientras seca los vasos con un paño.

—¿Qué noche no? ¿Le sirvo un "navegado", joven?

—Eh, sí, claro... ¿Un qué?

—¡Bah! Quise decir una "candola". Lo siento, es que soy de la capital y le decimos así a ese trago —sonrió la dueña.

—Ya, tráigame una —dijo Martín devolviendo una fría sonrisa.

—De inmediato. Serían dos mil pesos.

—Sí, no hay problema. Se lo pagó después.

La dueña deja de limpiar y entra a la cocina, donde apenas se ve su interior. Martín se quita la chaqueta y la deja estilando en una silla, y aprovecha para ponerse cerca de la estufa y así observar al borracho dormido, pues quizás traiga algo de dinero, piensa. Pero por su aspecto y ropa se nota que es un viejo que vive en la calle, o al menos, se gasta lo poco y nada que tiene en vino. Inspecciona el lugar, ve que las paredes de madera; algo apolilladas y con pintura desgastada, están cubiertas con los típicos posters de mujeres en bikinis o con poca ropa publicitando alguna marca de cerveza, carteles con los precios o promociones de lo que se vendía y una que otra decoración empolvada que recordaban mejores tiempos, además observa detrás de la barra un cooler con botellas en su interior y una repisa con licores fuertes, galletas, papas fritas y otros apetitivos envasados. *«Nada del otro mundo»*, piensa. Ve un ave negra disecada, ubicada en el dintel de la entrada del boliche. *«Posado, inmóvil y nada más»*. Martín queda algo estupefacto con tal *«figura de gran señor o de gran dama»*, que algunos lugareños confundirían con un ave típica de la zona; un tordo. Pero este era un poco más grande que un gallo y con el pico abierto levemente y curvado en sus puntas hacia abajo. Era un cuervo que posaba con sus alas extendidas y con una mirada fija sobre el suelo, transmitiendo cierta hostilidad, de rojizos ojos con *«la apariencia de un demonio que está…»*

—¡NUNCA MÁS! —exclama el borracho de un salto y se levanta de su puesto, asustando a Martín quien mete la mano al bolsillo del pantalón, donde guarda su cuchillo.

La dueña sale rápido de la cocina y se da cuenta de la incomodidad de Martín cuando el borracho lo mira fijamente con su único ojo bueno. La mujer se acerca al tuerto y se lo lleva para adentro, mientras este murmura una y otra vez: «*Nunca Más*».

—Sí, lo sé, "gato". Mira, te preparé el sillón para que pases la noche. Pero mañana te vas para tu casa a primera hora. Luego pagas lo que me debes...

Al no escuchar más la conversación, Martín se recompone del susto, pero mantiene su mano en el bolsillo. Sabe que debe conseguir dinero y espera el momento para robarle a la mujer, donde aprovecharía también de llevarse alguna botella de whiskey y unas papas fritas. Sin embargo, está algo tenso, ya que es la primera vez que roba un "local comercial". Él prefería la oscuridad para aproximarse a sus víctimas, pues era más fácil sorprenderlos y someterlos. Además, en el lugar donde suele asaltar conoce cada ruta y escondite que usa para no ser encontrado por la policía, ya que ese era el sector que recorría cuando era un cartero y se lo sabía al revés y al derecho. En ese sentido, al menos, tenía el control de la situación.

—Disculpe el mal rato —dijo la dueña volviendo con un tazón humeante de candola, notando algo incómodo a Martín, quien sigue con su mano en el bolsillo. —Luego de unos cuantos vasos se pone algo desquiciado. Ay joven, se pasa todo el día bebiendo vino, ah... pero no cualquier marca. —La dueña trata de calmar el ambiente que se había generado, mientras le entrega el tazón a Martín, sin saber que la conversación le incomoda aún más. —Siempre quiere tomar su caja de "gato negro", por el apodo. ¡Ya! Sírvase, joven. Antes que se enfrié. Después le cobro.

Martín le muestra una leve sonrisa y toma un sorbo del tazón. Está algo caliente, pero puede sentir el gusto a vino tinto con toques de canela, en tanto que el trozo de naranja lo siente chocar con su labio superior. La mujer al ver que su cliente no busca conversación, regresa a ver la tele y seca los vasos restantes.

Sus venas se comienzan a dilatar por la acción de la candola, provocando que un ligero calor suba por todo su cuerpo, además de borrar el nerviosismo y duda en él. Martín está decidido en robar a la dueña. Tiene todas las de ganar, pues no parece que más gente llegue al boliche. Pero hay algo que le incomoda en el ambiente. Algo que le frena en tomar la decisión. Siente como el cuervo disecado transmite cierta malignidad, la que ocasiona un influjo denso en él. Tiene terror, recuerda las historias de campo que escuchó de niño, las que involucran al "cachudo", uno de tantos nombres para referirse al diablo. Ciertamente, el "ave" lo desafía a delinquir, como si esta pudiera leer...

—Joven, quédese tranquilo. Ese avechucho de ahí no le va hacer nada —le dice la dueña mientras termina de secar el último vaso. —¿Sabe? Todos los que entran aquí les provoca una sensación extraña. Algunos más que otros. El "gato" es un buen ejemplo de ello, aunque pase borracho la mayor parte del día. —Martín, un poco más receptivo, sonríe nervioso y se toma el último sorbo de su tazón. Ahora está dispuesto a sacar su cuchillo. —En fin, ese avechucho es un regalo que recibió el abuelo del padre de mi madre, en su juventud. Se lo dio un gringo loco, en circunstancias de las cuales no hay claridad. La acción fue tan rápida y misteriosa, que no alcanzó a decirle nada al gringo. Sólo lo vio alejarse a gran velocidad, gritando algo en un español mal pronunciado. Pareciera que dijera el nombre de una mujer, Leonora o Leonor... En todo caso, este "regalo" venía con una etiqueta que decía: «*Siempre buscará algún recipiente*», o algo así. Esa etiqueta ya no existe. En verdad todo esto me lo contó mi madre; que dios la tenga en su gloria. Ella me entregó el avechucho para darle un poco de ambiente al local, y en verdad le da cierto toque, a pesar de...

La mujer enmudece y trata de mantener la calma. Martín la amenaza con el cuchillo y le exige que le de todo el dinero. Ella va a la caja registradora y saca lo más rápido posible, a pesar del fatídico momento, el dinero. De pronto, un fuerte viento mueve la puerta y el cuervo cae al suelo. Martín pega un salto, mientras su víctima, viendo una oportunidad, se dirige a la cocina para resguardarse. Pero Martín se da cuenta de ello e intenta agarrarla, generándose un forcejeo que culmina con los dos cayendo al suelo. Durante ese instante se escucha un golpe blando en el abdomen de la mujer. La sangre comienza a salir a borbotones. Esta se desparrama por el piso hacia Martín, quien se levanta y ve con horror como la dueña, entre espasmos, trata de sacarse en vano el cuchillo.

A los pocos minutos deja de moverse, y Martín sin más que pensar, saca el cuchillo y lo guarda en su bolsillo trasero. Toma todo el dinero posible, pensando en salir de ahí, antes de que...

—¡NUNCA MÁS! —dijo una voz proveniente de la cocina.

Martín se da vuelta y ve al "gato", el borracho, quien observa algo trastornado la escena mientras se tambalea de un lado para otro.

—Escuchaa... Tuuú... Esto es lo que esperrrrrrr... esperaba él. Unnnnn... Just-hip... un justificativo para actuar... Estás hasta la mierda, muchacho... ¡Hip!

El borracho vuelve al lugar donde reposaba, sin recordar nada de lo sucedido, en tanto Martín toma su chaqueta y se va de inmediato.

Afuera la lluvia sigue imbatible, y algo, como una especie de manto protervo, comienza a envolverlo con cada paso que da. *«Penetrando así en el misterio»*.

Llega a un paradero para esperar el transporte

público, sintiendo algo de alivio. Nota que la lluvia escurría la sangre pegada a sus manos, ayudando a olvidar lo sucedido. En su mente se justifica diciendo que fue un accidente, ya que la mujer comenzó el forcejeo. «Sí, todo es culpa de ella. Soy una víctima del sistema, que no me da acceso a un buen trabajo y así pagar mis deudas, como un buen samaritano», piensa para disminuir la culpa.

—¡NeveerrMorrrr! —escucha Martín, y de un susto se gira, viendo como un pequeño bulto negro da pequeños saltos con los brazos extendidos ocultándose detrás de un poste de luz y unos escombros.

Martín se acerca con cuidado para ver de qué se trata, y vuelve a escuchar «¡NeveerrMorrrr!» detrás suyo. Esta vez logra verlo y su espanto cobra un nuevo tinte. Por sobre su cabeza flota el cuervo disecado, el cual no había cambiado su posición amenazante, a pesar de que la lluvia y el viento lo desarman de a poco, saliéndose algo del algodón de su interior, perdiendo además algunas de sus plumas color ébano. Martín no puede creer lo que ve, ya que el "objeto sobrenatural" hace movimientos de adelante hacia atrás, como una cobra que intenta atacar. El joven se protege con sus manos y retrocede ante los ataques, mientras se escucha «¡NeveerrMorrrr!» una y otra vez, pero ahora las palabras penetran directamente a su cerebro.

Martín cree estar en medio de una extraña pesadilla, hasta que se da cuenta que su atacante no le hace daño, más bien solo se mueve entre "graznidos". Saca su cuchillo y arremete contra el cuervo disecado, dando reiteradas estocadas, logrando desparramar el relleno. En un momento, Martín toma una de sus alas para rematarlo salvajemente contra el suelo, dejando un montón de algodón mojado, algunas plumas dispersas y el cuerpo motilado, de lo que alguna vez fue una decoración que posaba majestuosa sobre el dintel de una puerta.

—Al final, resultaste ser una puta mierda —ríe victorioso y perturbado Martín, silenciando el *«¡NeveerrMorrrr!»* de su cabeza.

Se recompone y ve unas luces de lo que parece ser un taxi, intenta hacer señas para detenerlo, pero no puede mover ni una parte de su cuerpo, sólo los ojos y nada más. Bajo sus pies emerge una extraña sustancia negra, la cual crece en tamaño hasta envolverlo, paralizándolo por completo. Martín no comprende aquel suceso. Siente que su alma está flotando en medio de esa sombra. Se pregunta qué provoca tal fenómeno, pero al escuchar en su cabeza *«¡NeveerrMorrrr!»*, supo que una maldición había caído sobre él.

En la mañana la lluvia había cesado, aunque el viento silbante y fuerte seguía batiéndose entre las nubes, confiriéndoles una cierta movilidad que le hacían parecer criaturas vivientes. La policía se hizo presente en la zona. Durante el día alguien reportó el asesinato de la mujer, dueña del "boliche". Abocados al procedimiento, registraron algunos testimonios. Tenían como principal sospechoso al viejo "gato", pero al ver que era cercano a la dueña y que varios vecinos declararan que era inofensivo, los oficiales lo dejaron solo con una citación al juzgado.

Después de horas patrullando los sitios aledaños al boliche, hallaron a Martín tirado en un paradero con la mirada perdida y mascullando incoherencias, imitando el graznido de un ave. Su cuchillo aún lo tenía en la mano y el dinero apiñado en los bolsillos. Inmediatamente fue identificado como un asaltante habitual del sector y bajo sospecha, lo esposaron y lo metieron al fondo del radio patrulla. Ahora solo les quedaba comprobar si el cuchillo que portaba fue el utilizado en el crimen de la mujer.

Uno de los oficiales se metió dentro de la cabina para revisar las pertenencias de Martín y así poder clasificarlas para la investigación. Cuando procedió a guardar el cuchillo en la bolsa, se percató de leves manchas de sangre. De pronto, con asombro, el policía no podía dar fe del fenómeno que se producía. Un dibujo de color negro aparecía cerca del pomo del mango del arma. El policía mira con curiosidad dicha figura, que era la parte lateral de la cabeza y la mitad del cuerpo de un cuervo, destacándose un ojo inyectado en sangre muy intenso, provocando en él la mirada de *un demonio que está soñando…*».

EL MEDALLÓN DE AMATISTA

Bern V. Chamberlain

(1991, Lima, Perú). Periodista del diario La República de Perú. Es redactor de la sección Ciencia, entrevistador y corrector de estilo. Ha publicado cuentos en las revistas El Bosque (El fauno y la oscura Menniger, El don de Joas Bent, Serpens Caput y Los designios de Nammu) y Cuenta Artes (Descenso al bosque de Arges y El regreso de los amos). Además, sus relatos de misterio y ciencia ficción El desfiladero de bustos, Sizigia y Cuestionamientos desde la sala blanca aparecen en tres antologías de PetroPerú en formato físico y para descarga digital.

I

Poco antes de la victoria del atardecer lluvioso contra los tercos pero apacibles bríos del sol, el olor a lluvia, como por el sortilegio de un perfume, hacía que los gallos del corralón canten desaforados y los corderos, por la inquietud, se paren en dos patas. Más adentro, entre los juncos que amurallaban al humedal y ocultaban, así, el vuelo oportunista de las garzas, Beatrice se vio tendida en el fango, agitada, en pánico, con la mente escabullida en la nada. Era como si la naturaleza misma la hubiese engendrado allí, porque no recordaba que tuviese madre, ni mucho menos un padre capaz de encontrarla y llevarla a la aldea.

Había nacido de nuevo o, quizás, una voluntad ajena redujo sus vivencias pasadas a una elipsis. Con los pensamientos aún marchitos, luego de interminables minutos, trató de levantarse, sacudir el barro de su níveo vestido de princesa y abrir la boca para beber los goterones de agua que caían a través del tapiz grisáceo formado por las nubes. Enseguida, reparó en las heridas de sus tobillos. Aunque no parecían ser mortales, el dolor persistía frente al movimiento de las articulaciones. Tal vez había corrido sobre los cactus y la adrenalina le otorgó una resistencia efímera. Beatrice empezó a sangrar y, mientras miraba el flujo que extendía su rastro en caravana detrás de ella, volvió a desmayarse.

II

—¡No te muevas! —gritó Jeffrey—. De todos modos, no podías ir tan lejos. *¡Puaf, ajj!* —escupió una trenza de paja masticada hacia el piso— ¿Cómo creíste que podrías cruzar los montes?

En la mesa había una cesta repleta de algodón medicinal, cintas de tela, un pequeño botiquín habitado por paquetitos de gasa estéril, un repelente de insectos y una linterna.

—Yo... no... —farfulló Beatrice.

—¿Tú no qué? —dijo Jeffrey limpiándose las orejas.

—No sé... quién eres, pero... —musitó Beatrice, mientras acomodaba sus pies en las bandejillas del sillón reclinable, cuyos alambres expuestos le punzaban la espalda.

—¡Oh, vamos! ¡La mujercita quiere jugar al misterio después de todo! —respondió Jeffrey.

—En verdad... yo... no —Beatrice intentó hilar las palabras—. Me duelen... los... los... pies.

Él acarició sus mejillas, como si fuesen los bigotes de un gatito, y los rubores de ella brotaron. Parecían los inicios de una intoxicación.

—¿A quién no le gusta sentirse amado?

—preguntó Jeffrey sin esperar respuesta alguna— Y más aún en tu condición. No nos rendiremos. Seguiremos orando a San Blas y venerándolo en la festividad del pueblo de Almaria.

Confundida por el monólogo de su acompañante, Beatrice vio los vendajes alrededor de sus tobillos y, al concentrar sus fuerzas en pararse, sintió como si un alacrán le perforase los pies; de sus labios escapó un quejido.

—Cierto, calma, seguro que te alegrarás por lo que encontré —manifestó Jeffrey sacando un objeto del bolsillo trasero. Ella se quedó observándolo. Después, desvió la mirada extraviada, cogió con vehemencia una maseta de cerámica, en cuyo interior había una plantita ornamental, la embrocó y bebió el agua turbia. Jeffrey la sostuvo de la muñeca. La regañó tirando de sus orejas y zarandeándola.

—Esto está peor cada vez. Existe una forma de espantar a ese demonio que llevas dentro, tal y como el párroco lo recomendó —dijo Jeffrey de inmediato—. Ten, niña, esto jamás debe salir de tu cuello.

Los trastornados reflejos de Beatrice la impulsaban con violencia hacia atrás, protegiéndose. Comenzó a llorar. Se aterró tras enfocar la visión en lo que llevaba él entrelazado en los dedos: era un medallón de amatista, seductor, elegante, aprisionado por remates helicoidales de acero. El centelleo del tono violeta de aquel cuarzo estremeció a Beatrice, pues asumió, a primera impresión —pese a su letargo—, que toda magnificencia siempre atrae desgracia.

—¿Y esa carita, hermana? Esto te devolverá los cabales. ¿Me oyes?

Al continuar vislumbrando la piedra, Beatrice amainó las lágrimas que desembocaban por sus ojos, exhalando la angustia.

—¿Hermano? ¿Eres tú? —dijo Beatrice.

—Sí, soy tu her-ma-no —pronunció Jeffrey sílaba a sílaba—. Inclínate. La piedra brilla mejor allí, en tu pecho.

Entonces, de súbito, Beatrice oyó de nuevo el ensordecedor cacareo de los gallos, al fondo, encerrados en prisiones de esteras, paja y madera; las ovejas corrían en grupos y balaban desesperadas; y los graznidos de los patos presagiaban acaso el inminente regreso de la lluvia.

—¿Qué buscas, hermana? ¡Aquí está tu medallón, el regalo del padre Honorio!

—¿Y eso me... me protegerá? —replicó Beatrice.

—¡Al fin, Santísimo de misericordia! Ni siquiera te lo has puesto y ya desaparece la tartamudez. Padre, ¡bendito seas!

Sumado al ruido de los animales, el arrebol era teñido de oscuridad a manos de la noche, los vientos del norte azotaban a los árboles. Beatrice se dejó colocar el objeto: le resultó pesado, sin embargo, lo contempló sosteniéndolo en la palma de su mano.

—¿Asustada por el descalabro allá afuera? Qué manera de joderme las siestas esos condenados. Prométeme una cosa, hermana.

Ella asintió y guardó el medallón debajo de los pliegues de su vestido, justo en medio de los senos, dos bultitos que no sobresalían ni en oleadas de frío.

—Llevarás contigo el medallón, incluso al momento en que Frederick te bañe —dijo Jeffrey.

—¿Frederick? —contestó Beatrice. Encogió las piernas, no le gustaba la idea de tener que lidiar con alguien más.

—Claro, Frederick —repitió Jeffrey—. ¡Oh, qué tonto soy a veces! Lo olvidaba. Un segundo pedido: no salgas despavorida, por favor. Sé que a veces no controlas tus impulsos. Hoy fueron tus tobillos; mañana, quién sabe.

—¿Y de qué estaba... escapando? —dijo ella interrumpiendo el pedido.

—Ni nosotros sabemos. Ten la voluntad de controlarte, ¿sí? —él hizo una pausa y prosiguió— Descuida, nosotros te amamos. Esta aldea te ama.

—¿A-ma-mos?

Jeffrey volteó y se internó en un pasadizo. Al regresar trajo consigo una manta polar. La cubrió hasta el término del cuello. Acto seguido, le lavó los pies dentro de una batea y le cambió las vendas que ya habían absorbido una cantidad de sangre considerable. En cuclillas, al lado de ella, Jeffrey le cerró los párpados con los dedos.

—A esto llamamos amor —aseguró el joven—. Duérmase, mocosa, y no se meta en problemas.

Ante la explicación, ella soltó una risita traviesa, vaga, desprovista de complicidad. Jeffrey ya sabía de esas extrañezas y la comprendió. Entretanto, Beatrice se acomodó en el sillón. Abrió un ojo a medias, viendo los campos de las periferias, desiguales, donde la carretera estaba siendo asaltada por los líquenes, pese a que los camiones de carga arrollaban esos despreciables intrusos amarillentos; decidió simular que dormía.

Para cuando Jeffrey se fue a reponerles la alfalfa y los granos de sorgo a las vacas, las elucubraciones de Beatrice sobre los sucesos no sirvieron de nada. Se sintió inútil, incapaz de ordenar una cadena de explicaciones lógicas. Con el pasar de los minutos, las estrellas parecieron —en una secuencia— revelarse una a una, y apagarse y prenderse como si un ser las manipulase, como si unos orbes a años luz de distancia le enseñasen la vía correcta para unir los fragmentos de su existencia absurda.

Y, en esa concentración, admitió que, quizás, ese alguien encargado de los titileos de aquellas esferitas le enviaba un mensaje a otra persona, en otro lado del mundo. «¿Qué tendría yo... de especial?», sonó el eco en sus adentros. No debía mirar misivas ajenas; el sello lo retira el verdadero destinatario. Beatrice, de inmediato, contorsionó su cuerpo en el regazo del sueño.

Una figura humana, cerca del galpón, la contemplaba con la cara sucia de aserrín y el sudor serpenteándole el pecho.

Ella, a poco de resignarse y conformarse con que le hayan salvado la vida, tocó el medallón y se aferró a la idea de Jeffrey. La piedra de amatista reflejó en sus flancos las paredes de esa salita, los bodegones baratos, los andrajos de pintura desprendiéndose del techo. Distintos fuegos del firmamento insinuaban condensarse a pepitas tostadas: Beatrice dormía apacible.

Al amanecer, el desafinado cántico de las garzas en los humedales la despertaron. No supo en qué momento le habían dado de tomar una sopa de verduras, pues vio a su derecha un plato a medio terminar.

Falta de rebeldía, carente de vigor, tocándose el cuerpo para reconocerlo, se cuestionó cada curva de sus huesos. Entonces, buscó el baño. Permaneció en blanco, ligera de recuerdos. Llegó a aterrarse al tanto que examinó sus gestos raros en el espejo; esos ojos del color del océano, la nariz respingona, hinchada en el tabique; las orejas que emergían, como dos aletas de tiburón, de su cabellera lacia y guinda; y las mejillas salpicadas de pecas. Luego, advirtió que no solo sentía dolor por los cortes en los tobillos, sino también en las caderas y las costillas.

Utilizando sus manos agarrotadas, desprendió los botones de su vestido aquí y allá, en una tromba de sinsabores. Pese a encontrarse sola, no supo por qué, pero cubrió sus partes íntimas con los brazos, jadeante, pudorosa. Beatrice deseó reconocer los detalles de sus pieles, añoraba recordar aunque sea algo; volvió a palparse, esta vez desnuda, y descubrió que la habían arañado. Creyó que Jeffrey criaba animales salvajes. ¿Se habrían lanzado a atacarla?, ¿cabía la posibilidad que, asimismo, haya salido a buscar el medallón perdido sin medir las consecuencias?

Debido al crujir de los entablillados, los vellos del cuerpo de Beatrice se erigieron como la superficie fértil de una pradera. Se agachó para buscar los botones, mientras que trataba de encajarse el vestido; sin embargo, calculando el arribo de los pasos, optó por sentarse al borde de la bañera y cerrar sus piernas.

Los goznes de la puerta chillaron. Beatrice presintió que se dirigían a ella, apretó los párpados.

—Jeffrey te encontró tirada por los humedales, ¿crees que eso no merece un castigo, mi niña?

—¡No, no! —pronunció Beatrice con esfuerzo—. Yo... ¿qué es esto?, ¿dónde está él?

—Ese medallón... ya no está funcionando. ¡Tremendo idiota ese padre Honorio! —refunfuñó el hombre de barba crecida— ¿Te das cuenta lo que le pasa a una chiquilla al correr como loca?

—¿Eres Fre... Frederick?

—¡Vaya! La primera pregunta estúpida del día, mis señores.

Frederick se acercó como una pantera detrás del follaje, sigiloso, sapiente de su ventaja. «Jeffrey ha salido a comprarle alimento a todas estas bestias mantenidas. Sabes, un día te quedarás sola, yo lo enterraré a él y tú a mí, y podrás hacerte cargo. Para la faena no hay necesidad de hablar, y eso es una ventaja para ti», dijo Frederick. Siguió aproximándose. A fin de captar mejores estímulos, se sacó los guantes llenos de polvo y rozó las rodillas de Beatrice. Y, por el escozor, la aflicción de la desmemoriada dio rienda suelta a las risitas, que explotaban en intensidad a medida que el tacto subía hacia sus muslos.

—Mi niña, ¿ya empieza a sentir los cosquilleos? —le susurró Frederick casi babeándole el lóbulo de su oído—. Cómo has crecido. Ayer eras una niña y ahora... bien, mereces una buena ducha, sé una buena chica. Dame tu ropa.

Pero a Beatrice le costaba canalizar las emociones, había como un corto circuito en su interior que le provocaba jocosidad aun cuando presagiaba el peligro o un instinto primitivo de autoprotección. Para Frederick era una invitación al Edén, un paraíso rebosante de hedonismo y, sobre todas las cosas, la ilusión de la reciprocidad.

Ella no paraba de sentir cosquillas que proliferaban desde las piernas y trepaban hasta el abdomen; a su vez, no se atrevió a mirarlo. En un santiamén, se puso de pie, dándole la espalda a

Frederick y tanteando los relieves del medallón de amatista. Él le cuestionó si sucedía algo; ella recordó difusamente el pedido de Jeffrey acerca de no oponerse en el rato que un tal 'Frederick' la bañe.

—Listo. ¿Adivina qué toca? *¡Prrr!* El agua estará fría, desvístete, entra ya —ordenó Frederick.

Beatrice giró y, contraria a las risitas de hacía unos segundos, se mostró escrupulosa.

—¿Lo harás tú o lo hago yo? —dijo Frederick—. Al parecer... ya tenemos a la personita que limpiará la mierda de los cerdos hoy. ¡Cuánta mierda botan!

—Es que... —balbuceó Beatrice.

—¡Sabes que cuando digo algo... —pronunció Frederick lentamente.

—Puedo hacerlo sola. Des... descuida —dijo Beatrice. Ella trató de emprender el valor de verle directo a la cara.

—... lo cumplo! —sentenció Frederick.

Él la cargó, atenazándola de las axilas; en aquella reacción estrepitosa el vestido cayó. Frederick sujetó sus cabellos por detrás, después manipuló la manija de la ducha, el chorro cayó y la condujo hacia la pared de argamasa. Una vez recuperada del susto, bajó la mirada y, con sumo cuidado, vio a los ojos al hombre maloliente. Sin embargo, no consiguió reconocerlo, puesto que el aserrín y la mugre disfrazaban su identidad.

Beatrice se empeñó en cubrir el medallón, atesorarlo en ambas manos, y acarició las esquinas de la piedra tallada, transmitiéndole la penuria.

Súbitamente, Frederick paró de hablar. Marcándole la cintura por la fricción de las uñas, luego de cerrar la ducha, él la sentó sobre el retrete.

—Vamos a ver tus heridas, mujercita. Pare de quejarse —dijo Frederick ya calmado, desposeído; ella advirtió el contraste de los ánimos, lo atribuyó a la amatista, la cual, según Jeffrey, sería su serafín.

Ensimismado, presidiario de una candidez virginal, Frederick tomó el pie izquierdo de Beatrice, quien gemía por su confusión, pues continuaba adolorida. Él acercó los dedos de la desmemoriada a su nariz y los olió; era un aroma que incitaba a un profuso deseo, pero no podía hacer más que seguir consumiéndolo, sin importarle que eso lo condene al delirio.

—No hay sangrado, mi niña. ¿Entiendes lo que les pasa a las chicas que corren descalzas? —musitó Frederick.

—Desearía recordar —contestó Beatrice tapándose la nariz por el aliento a alcohol que emanaba Frederick.

Él, por segunda vez, la agarró de los cabellos. Le lanzó una bofetada y, de pronto, se alistó para darle otra. Ella podía ver las gruesas venas del verdugo y los tajos por los innumerables descuidos al diseñar y cortar madera fuera de sí, ebrio, apresurado.

—¿Vas a correr esta vez? ¡Sin vergüenza!

Ambos oyeron un claxon. Era Jeffrey saliendo de un camión repleto de vacas atiborradas dentro de la caja ganadera. Había olvidado sacar los billetes para ir con destino al pueblo de Almaria y comprar bolsas de fertilizantes. Apurado y ansioso, Jeffrey, a lo lejos, le preguntó a Frederick dónde estaba el dinero, sin percibir la tensión entre este y su hermana.

—¡*Bahhh*! Y este pa' qué sirve. ¿Qué sería de ustedes si yo les falto? Vístete y dale de comer a los cerdos —dijo Frederick.

Cuando Jeffrey partió, Beatrice se recostó en el piso. «¿Este es el infierno?, ¿este es el cuerpo que siempre tuve?, ¿por qué no me reconozco?, ¿habré huido ya de esa persona?», cruzó por su mente. Sin embargo, volvió a ponerse el vestido. Ella buscó la granja, guiándose por los gruñidos.

En las siguientes seis horas estuvo concentrándose en evocar los sucesos previos a todo. No tuvo más remedio que comer los desperdicios de la cena del día anterior. La piara tragaba demasiado y se aventó a disputar los últimos bocados. Beatrice logró aguantar el sufrimiento hasta que avizoró la frontera de la noche. Entonces, parado, al fondo, en el galpón, Frederick silbó y la llamó como a un animal.

—Ven, siéntate aquí. ¿Quieres beber conmigo?

Beatrice no respondió. Vio varios clavos encima de la única mesita redonda del cobertizo.

A sus oídos llegaban los ruidos de los vehículos al

pasar... esperó el alboroto de los animales, ¿les habrían degollado?

Beatrice, de repente, reparó en los alaridos del silencio.

—Jeffrey vendrá mañana. Ya pensaré en qué versión contarle —murmuró Frederick.

Arrastrándose en el suelo y entre dos rayos de luna, la jovencita sintió que el hombre la sofocaba. Frederick la tomó con sus brazos para que no escape y le levantó una pierna suavemente. Embelesado, urgido de placer, el hombre besó un pie de Beatrice y, posteriormente, le mordió uñas, a un tempo pausado. «Esto es amor», replicó Frederick. Porque al fin —caviló— esos pies serían suyos; porque ya no escaparían esos *traviesos*, no se perderían en el corazón de los humedales, no se enredarían en los juncos.

Tras no encontrar oposición alguna por el sopor de la cautiva, a causa del trago amargo, Frederick quiso obligarla a beber otro sorbo. No tenía la intención de dañarla, sino de admirar desde la penumbra los cambios en la anatomía de Beatrice. En toda esa enajenación, su exploración demoraba más al cruzar la vista con los pies de la cautiva.

Igual que los animales, ella no supo de qué manera gritar tras el contacto de los dedos del hombre con su cuerpo, pues solo sintió una bola de billar rebotando infinitamente en su cavidad bucal. Incluso así, no soltó el medallón de amatista, sino que descargó el desmedido dolor en él. De la piel de Beatrice erosionaba una miríada de sarpullidos. Se desesperó pensando que las manchas eran producto de una maldición inexplicable. Mientras tanto, Frederick relacionó ese cambio en la pigmentación como una señal divina, la invitación final al acceso mundano.

Por su lado, Beatrice perdía el conocimiento en compás escalonado y su sufrimiento se extendía comparado a la desdicha de un Prometeo inocente al que, no obstante, las águilas destrozaban sus entrañas; y cuando el rito parecía desacelerar, otra vez la hería, tomaba impulso, repartía los odios de ángeles caídos, resentidos, blasfemando contra el Mesías.

Frederick, en tanto, emocionado por tener a Beatrice a su merced, encendió unas velas y las colocó alrededor de los pies, aspiró el aroma de la cera derretida. Él se arrodilló y alzó sus manos, listo para dar inicio a su religiosa pleitesía. Quería ser el cultista de ese par de miembros rosáceos, movedizos, con dedos delgados y perfectos.

Ella sintió un dolor mortal que brotaba de su pecho, parecido a la parálisis de sueño. Un íncubo postraba su peso encima de su corazón, impidiéndole así la respiración. Una de las velas cayó y percibió cómo el humo le quemaba hasta la voluntad. Al mismo tiempo, las protuberancias rojizas continuaban aflorando.

«El día que llegue su muerte, enterraré a su

cuerpo, pero ese par de pies no se alejarán de mí jamás»,
rezó Frederick.

De pronto, interrumpiendo esa especie de
aquelarre, alguien tumbó la puerta del amplio taller
maderero y quedó horrorizado por la escena. Frederick
vio a Jeffrey huir despavorido para encontrar ayuda.

En la psique de Beatrice, millones de fractales se
reconfiguraban y le enseñaban patrones repetitivos: la
ecuación unitaria del big bang, el código de la vida, el
santo grial de la ciencia.

Beatrice no resistió. El medallón de amatista
colmó el cobertizo de un espectro de color violáceo,
enceguecedor.

III

—¿Y cómo estaremos seguros que ese maldito
está viviendo en carne propia lo que le hizo a la jovencita?
—le pregunta un aldeano al chamán de Tierras Bajas—.
De seguro eso del medallón es pura charlatanería.

Un círculo de lugareños, la mayoría de ellos
iluminando la reunión con linternas, se apuestan
alrededor de un roble en cuyo tronco está encadenado un
hombre semidesnudo, medio muerto, de aspecto
desagradable.

—Observa y observen ustedes— dice el
extravagante sujeto, quien viste un camisón blancuzco y
un gorro tribal relleno de plumas—: ¡está volviendo en sí!

Cuando el condenado entra en razón, se desgañita desde las entrañas y le comienzan a arder las grietas de los flagelos.

—¡Ya no! ¡Ya no sigan! —clama el hombre de cara aceitosa—. Créanme, por todos los cielos: ¡He estado en el cuerpo de esa estúpida niña! ¡Anciano, quítame este medallón! ¡Piedad, piedad, te lo ruego!

Teniendo a los presentes como testigos, el medallón de amatista se le esfuma del cuello y lo ven aparecer entrelazado en los dedos del hechicero.

—Como podrán apreciar, no tengo motivos para engañarles ni él para mentirles. La senda de castigo que les muestro es la mejor —prosigue el chamán su breve discurso—. Se debe pagar en igual proporción, es la ley del equilibrio espiritual. Recibes lo que das. En cuanto a ese desgraciado, ya pagó sus culpas. Sin embargo, la decisión de otorgarle la libertad o no depende de ustedes. He acabado el trabajo.

Dicho esto, la multitud ve atentamente cómo Jeffrey traslada en silla de ruedas a Beatrice. En ella, una considerable dosis de calmantes recorre su sangre.

—¿Es suficiente escarmiento, hermana?, ¿o nos lo dirás en unos minutos? —cuestiona Jeffrey.

Beatrice no pestañea, pero sus pensamientos proliferan sin fin.

LA SOMBRA DE UN HOMBRE TRISTE

Luis Saavedra Vargas

(1971, Santiago, Chile). Es escritor y editor. Fue editor de los fanzines Wonderlands, Nadir, Fobos y de la serie de libros Pulsares, antologías que recogieron los cuentos ganadores de los concursos realizados por Fobos, y Poliedro. Su ficción ha sido traducida al italiano y francés, y aparecido en diversas antologías, entre las que se cuentan *Grageas: 100 cuentos breves de todo el mundo*; *Años luz*; *Alucinaciones.txt* y varias entregas de *Poliedro*, antologías de escritores de ciencia ficción, donde además es editor. Ha publicado el libro *Lentos animales interdimensionales* (Cathartes Ediciones, 2020).

Encontrándome por negocios en Richmond, a principios de 1848, llegué a conocer a Edgar Poe en una tabaquería. Respetado agente de la policía local, se presentó a sí mismo como un experto observador que le alegraba ver a un caballero norteño en Virginia. De inmediato entré en sospechas y le tomé por un timador; no dije nada y pretendí que no me importaba. Entonces presumió de esperar medio minuto hasta que no soporté más y explosivamente le pregunté cómo lo había sabido. Luego apuntó a que mis uñas manicuradas, si bien eran común denominador entre los dueños de plantaciones, en conjunto con tal cuidado por las manos y cabello, le indicaban un afuerino. Sin embargo, no se detuvo allí y señaló el fajo de tabaco que yo había tomado. Nadie en Virginia realizaría tan pobre elección. Un poco molesto por su actitud, contraargumenté que no podría haber deducido mucho con esa información, a lo que asintió. «Ciertamente,» me dijo, «aunque en combinación con su broche dorado, que muestra la lira y el panal, perteneciente al gremio de comercio de la ciudad de Ithaca, puedo suponer que sus oportunidades de negocios favorecen al estado de Nueva York». Ese día, Poe eligió para mí un tabaco muy rubio y aromático.

Edgar Poe es un hombre pequeño y delgado, de mirada inteligente y tez pálida, frente amplia y cabello negro, y una expresión reflexiva. Es poseedor de un rostro para nada ordinario que completaba un bigote bien recortado. Agreguémosle a esta descripción su afición a los penny dreadful, cuando puede conseguirlos, que potencian una imaginación que es capaz de aplicar exitosamente a los casos policiales en los que trabaja. Lo digo sinceramente, es un hombre singular; más que singular estos días, considerando lo que pasó en la casa de Jeffersons Ward.

Habíamos terminado de cenar en el restaurant Chez Lui. Poe, con su hablar pausado, me había deleitado con una anécdota sobre los asesinatos de un orangután y estábamos dispuestos a ir por un buen bourbon cuando entró un agente que le informó que se requería de su presencia inmediata. Fui testigo del brillo que se encendió en sus ojos y me afirmó seriamente que ésa era una noche afortunada.

En un carruaje de un caballo pinto, atravesamos la ciudad hacia un conocido barrio de negros libres, en Jeffersons Ward. Cerca de la estación del ferrocarril, nos detuvimos frente a un edificio de tres pisos y en la puerta ya nos esperaban un par de agentes. Sin demorar más, Poe se apeó rápido y subió directamente al tercer piso, a una de las dos puertas que ya estaba abierta. Resoplando intenté alcanzarlo, pero debo decir que ya estoy en mis cuarentas. Los habitantes del edificio eran en su mayoría de color y desviaban la mirada al ver a la policía; observé que la estructura había tenido mejores días, mientras que el agente que venía conmigo me informaba que entonces funcionaba como un hotel de paso económico.

—¡Es nada menos que A. Perry! —me informó Poe, apenas entré en la habitación, traspasada por un intenso tufo alcohólico. Un hombre yacía en la cama, aparentemente sin vida y en una posición en la que la violencia parecía ausente; una de sus manos aferraba un pedazo de papel marrón. Lo que contrastaba con la vorágine de carillas de papel arrugadas, libros, ropajes, amoblado destrozado, como si un tornado hubiera dejado su huella—. ¡El escritor, el escritor!

_*_

No sé cómo me vi involucrado en un caso policial, pero se me aceptó como alguna especie de attaché de Poe, una idea que consideré divertida sin prever las consecuencias. Quise enmendar tal error, pero simplemente fui ignorado. Los agentes tomaron declaraciones a todos los habitantes del edificio, mientras Poe tan solo permaneció en el centro de la habitación leyendo la nota arrancada de las manos del muerto, con pocas intervenciones en la labor policial. En un minuto, un joven nervioso y muy delgado se presentó como el secretario de A. Perry, y miró el cuerpo que reposaba en la cama. Solo crucé un par de frases con él; el pobre hombre no podía aceptar el destino aciago de su maestro y se retorcía las manos. Me dijo que había salido solo un momento para una caminata después de la cena, que se servía sin excepción a las 20 horas y en la que todos los huéspedes participaban, y cuando hubo vuelto, ya la gente se arremolinaba en frente de la puerta del escritor. Me presenté en un gesto de simpatía hacia él y me dijo que le llamara Freeman Doyle, de Edimburgo. Entonces Poe salió de su mutismo, e ignorando a Doyle, me arrastró con él, esta vez hacia un pequeño café que cerraba tarde, en donde mi amigo ya tenía una mesa rutinaria. Frente a ese bourbon tan demorado, nos quedamos un largo rato taciturnos.

—Debe saber que fue un gran escritor y una pérdida lamentable —dijo finalmente, a lo que contesté con un simple «cuénteme más».

Como escritor, A. Perry solo en los últimos años había adquirido notoriedad en el mundo literario. Sus poemarios y colecciones de cuentos anteriores solo encandilaban a unos pocos aficionados como Poe. La seducción por temas como el amor condenado, la muerte y el orgullo inquebrantable le granjeó enemigos entre la crítica, que prefería textos más luminosos. Pero los gustos evolucionan con la época y con la publicación de su poema El Cuervo, en 1845, salió de las sombras que tanto gustaba y se volvió un autor muy popular. Pero como no había nada fácil en su desgraciada vida, esto le acarreó una angustia vital al no poder escribir nada más a su altura. Los niños comenzaron a perseguirlo en la calle y le gritaban «Nunca más, nunca más». Para más «inri», tampoco hubo mucho dinero involucrado y continuó siendo una pobre bestia marginal atenazada por el juego y el licor.

—Le conocí tempranamente, siendo compañeros de armas en Fort Moultrie. Un hombre de deducción exacta y racional, e inmediatamente hicimos buenas migas. Un tiempo después de terminado nuestro paso por el Ejército, seguimos caminos separados. Él en la literatura, mientras que yo estaba destinado a servir a mis conciudadanos. Volvió de Nueva York con su fracaso a cuestas, lamentablemente. Ya era un hombre muy golpeado por la vida, créame —dijo Poe, con una expresión sombría.

—Pero, ¿no lo somos todos? —agregué.

—Indudablemente, pero dada una persona de su talento la historia adquiere ribetes dramáticos. —Y procedió a sacar un trozo de papel que inmediatamente reconocí—. Un último poema, «La sombra de un hombre triste».

Mi amigo me lo alcanzó y lo leí. Soy un hombre de negocios, no un gran lector, y realmente prefiero lecturas más inspiradoras. El poema estaba conformado por tres quintetos que me ensombrecieron el alma, aún más en las circunstancias que las leía. Sentí su mirada fija en mí y en mi excitación, le pregunté si creía que A. Perry había sido asesinado. Poe se quedó muy pensativo y luego respondió:

—Es posible. Sin embargo, siempre hay espacio para la duda hasta que ésta es removida. Debemos volver mañana al sitio del deceso y observar con más detalle.

Me fui a la cama un poco preocupado por las aventuras que nos esperaban. Salimos alrededor de las seis de la tarde y esa parte de Jeffersons Ward lució más empobrecida, si se pudiera, a la luz del día; la población libre de raza negra parecía estar condenada a un confinamiento sempiterno y moraban los vanos de ventanas y puertas con resignación. En el hotel, Poe se acercó al matrimonio de color que lo regentaba y sostuvo un corto diálogo. Ella era la única en condiciones de entablarla, dado que a su marido le habían cortado la lengua poco antes de obtener la libertad, como un recordatorio de su paso por la esclavitud. A. Perry no tenía buena reputación, pero pagaba religiosamente la renta. Su último escándalo fue acometido un par de días atrás cuando su secretario lo había cargado inconsciente hasta su cama. Ya eran pasadas las doce. El día siguiente bajó y preguntó a la anfitriona si había realizado labores de aseo en su habitación, lo que estaba prohibido sin el expreso consentimiento del huésped.

—Le dije que no. Somos gente muy honesta —respondió ella, notoriamente ofendida.

En tanto que la noche de los eventos, A. Perry había dado instrucciones de que no se le molestara; cuando ella subió a ofrecer la cena, nadie respondió. No fue hasta una hora después, cuando el matrimonio ya estaba en cama, que escucharon los gritos y los fuertes golpes.

Entonces volvimos a subir a la habitación del escritor, con la anfitriona por delante, que había quedado cerrada por orden de Poe. Nos dejó las llaves y la lámpara de aceite antes de irse, y mi amigo se paseó lentamente por el caos de ese espacio. Tomó una botella de licor vacía y la colocó encima de la mesa, luego la volvió a mover de sitio.

—¿Le parece que ha quedado perfecta?

—Disculpe, pero no le entiendo a qué se refiere —respondí claramente contrariado.

—Es hora de hacer una visita al secretario del señor Perry.

De no ser porque mi amigo no sonreía, hubiera dicho que disfrutaba verme en ese estado. El señor Doyle demoró en contestar los tres precisos golpes que Poe dio en su puerta, en la habitación adjunta. Se le veía pálido y apagado, me apiadé de él. Nos dejó entrar al reconocernos y apenas cerró, se disculpó:

—Por favor, señores, no miren mi desorden. Mañana salgo hacia la ciudad de Nueva York para tomar un vapor con destino a Liverpool, así que empaco lo que puedo. Me devuelvo a casa, ya solo tengo aquí dolorosos recuerdos.

Mi amigo no perdió el tiempo y le interrogó sobre posibles ángulos en el caso. Doyle se sorprendió con la posibilidad de un homicidio y apuntó que A. Perry lamentablemente sostenía deudas con casi todas las casas de juego de la ciudad. Y mientras detallaba esto, Poe se asomó sobre un manuscrito que yacía en el escritorio. Poe pidió permiso para ojearlo, a lo que el joven simplemente esbozó un gesto de afirmación con la cabeza, y luego:

—Es mi primer relato, en honor al señor Perry.

—Supongo que él habrá sido una gran inspiración para usted —agregué con cierto entusiasmo.

—Sin duda. Su talento me ha inspirado a escribir mis propias ficciones. Por lo tanto, está inconcluso e intento terminarlo aún en estas últimas horas que me quedan. —Apuntó a una carilla con apenas un renglón. Debajo del escritorio, se amontonaban páginas arrugadas. Se veía que trabajaba duro en su manuscrito.

—Interesante. Veo que usa en su trama un popular código criptográfico del Ejército para construir este párrafo —observó mi amigo y nos acercamos, pero solo vi un galimatías desesperanzador sobre la página.

—¿Le parece? —respondió el joven.

—Así es, con toda certeza, pero es lamentable que tenga tan severo error de forma; lo ayudaría sin dudarlo, pero debo continuar mi investigación en otra parte. —Poe dejó el manuscrito de nuevo en el escritorio y sacó las llaves que nos había facilitado la anfitriona—. Más tarde vendrá un agente a retirar evidencia, agradecería que le permitiera entrar. Muchas gracias por su tiempo.

Y salió intempestivamente.

Doyle y yo nos quedamos sorprendidos. Me despedí de él incómodo y perseguí a mi amigo hasta el rellano, en donde le pedí explicaciones. Entonces, él se llevó un dedo a la boca en un gesto de silencio. Se quitó los zapatos y me indicó que hiciera lo propio. Poe tiene ese poder tan particular de que, a pesar de las molestias, siempre me convence de seguirlo. Innecesariamente, en mi opinión, continué su juego en silencio y subimos de nuevo a la habitación del escritor. Dentro, Poe miró su reloj y me miró:

—Queda tiempo aún. Por favor, confíe en mí. Hay veces que tenemos que realizar un acto de fé.

Y luego apagó la lámpara. Durante unos veinte minutos, en los que empecé a sentir calambres, nos miramos en la oscuridad. Luego escuché a la anfitriona voceando la cena y a continuación un ejército de pies bajando las escaleras. Recordé lo que Doyle había dicho. La cena se servía a las 20 horas y todos acudían. El ruido fue apaciguándose a medida que los huéspedes se allegaban al comedor. Y aún así seguimos esperando. En ese momento, no tenía grandes razones para seguir confiando en mi amigo.

La puerta se abrió y una silueta se recortó en la penumbra. Una cerilla encendió una lámpara en manos de la silueta. Poe apuntó un arma de la que yo no sabía de su existencia hacia la figura.

—No ose moverse, señor Doyle.

De más está decir que ambos, Freeman Doyle y yo quedamos sorprendidos, y solo Poe tenía certeza de qué estaba sucediendo.

—¿Espero que tenga usted una razón poderosa, Poe? —lo inquirí.

Pero me ignoró y solo se dirigió al joven: —Por favor, cierre la puerta. Debo reconocer que confié en una mentira blanca para atraerlo a este momento, pero no creo equivocarme en sus intenciones, viniendo en un momento en que nadie puede ser testigo de su visita. Y aunque desde mis tiempos del Ejército que no creo en el poder de las armas, en esta ocasión, me valdré de ellas para exponer mi asunto.

Espero ser fiel al relato que contó mi amigo. Una de las primeras pistas que llamaron su atención ocurrió la misma noche del deceso. Notó un cuadrado bien demarcado sobre el escritorio, libre de polvo. En una zona cerca de la estación de ferrocarril, es imposible que las superficies estén libres de hollín, lo que indicaba que un objeto había sido removido recientemente. En su propia experiencia, un objeto ausente siempre es digno de atención. Por lo tanto, solo fue un inicio inconexo. Entonces recordó la abundancia de carillas de papel desechadas que, de la misma manera que la ausencia, demostraban un comportamiento a observar. Mandó a un agente a traerlas para estudiarlas. La noche es el momento preciso para reflexionar según Poe y pudo extender, recomponer la mayoría de las carillas destrozadas, pobladas por secciones enteras de textos que se repetían una y otra vez. Logró determinar una progresión desde la escritura apremiada y prieta hacia una letra desesperada que muchas veces terminó en un garabato circular y furioso.

—Y aquí usted intervendrá, mi amigo —refiriéndose a mí—. Por favor, vaya a la habitación del señor Doyle y traiga su manuscrito.

Miré al muchacho y sus ojos suplicantes. Intentó hacer un movimiento, pero Poe lo encañonó más de cerca. Rápidamente fui y volví con el manuscrito; se lo extendí.

—«El Escarabajo de Oro – El primer caso de Mr. S. Holmes» —leyó la primera línea y lo depositó a un costado del cuadrado libre de hollín. A continuación, extrajo desde su chaqueta una carilla a muy mal traer y cuidadosamente la extendió sobre el cuadrado. El calce fue perfecto. Luego la dio vuelta del lado que estaba escrita: —«El Escarabajo de Oro – Un caso de C. Auguste Dupin».

Freeman Doyle soltó un largo quejido y se derrumbó en la silla del escritorio. Reconozco haberme sentido contrariado; el joven me despertaba una cierta simpatía. Confesó su crimen tal como sigue. Hace dos días, A. Perry había salido de juerga, jubiloso por algún evento que no sabía Doyle. Como era costumbre, Doyle acudió al bar favorito del escritor para comprobar su estado de intemperancia. Como todas las noches, el secretario lo cargó hasta el lecho, en estado de inconsciencia. Entonces, el manuscrito sobre la mesa llamó su atención, dado que A. Perry no había escrito en los últimos tres años. Excitado, y a pesar de estar sin finalizar, terminó de leer el texto reconociendo de inmediato un nuevo tipo de literatura; sostenía el futuro entre sus manos. Pero le sobrevino un nuevo pensamiento, uno muy oscuro. Dios otorgaba a un borracho empedernido un talento que desperdiciaba. Con seguridad, a Perry no le quedaban más de dos años buenos, y luego una lenta muerte social y física. En cambio, él, pobre, desesperado, ansioso, merecía una oportunidad en la vida. Luchó contra ese sentimiento gran parte de la noche y se vio derrotado al amanecer. Cuando Perry despertó de su resaca, notó la ausencia del manuscrito. Acudió a la habitación de su secretario y sostuvieron una amarga pelea, acusando su acto inmoral, pero el joven defendió cínica y enérgicamente su inocencia. En forma cobarde, apuntó a que los negros liberados de la zona siempre conservaban malas costumbres. Quizás la anfitriona lo había removido, hasta quizás lo había robado. Perry abandonó su habitación enfurecido y Doyle, alarmado, trazó su plan de huida y comenzó a copiar el manuscrito para eliminar las carillas originales. Salió a asegurarse un lugar en el tren a la ciudad de Nueva York para el día siguiente y cenó en otro lugar; a toda costa quería evitar otro encuentro con A. Perry. A su vuelta, ya los hechos que conocemos se habían consumado.

La confesión trajo algo de paz al rostro de Freeman Doyle, en tanto que en mí obró de forma contraria.

—¡Pero se lo juro!, ¡yo no maté al señor Perry!

—¡Qué descarado! Hay una meridiana intención en sus acciones, llamaré a los agentes —dije enfurecido. Realmente me sentía defraudado.

—Deténgase, amigo mío. Por raro que parezca, nos confiesa la verdad. Hay veces que uno debe confiar en otros expertos. El parte del forense me vino junto con la evidencia que envié a traer, la noche pasada, que dice que A. Perry murió de un envenenamiento alcohólico. —Apuntó a la botella vacía encima del escritorio—. La absenta es un licor de 89 grados alcohólicos, mejor conocida en Europa como «el hada verde» y buena amiga de poetas y artistas.

—¡Muchas gracias! —pero Poe alzó una mano cortando su diálogo.

—No, usted no le mató. No físicamente —replicó y sacó el poema de A.Perry para recitar el tercer quinteto:

En la yerma costa de mi espíritu cansado
La marea lame las últimas fuerzas,
Y grito tu nombre a los vientos
Orando que no se me olvide.
Demonio de mi espíritu.

Y continuó: —Esta fue mi primera pista y no lo supe hasta que usted se presentó la noche pasada. Usted, Doyle, es la sombra de un hombre triste. A. Perry, en su frustración, intentó reescribir su texto desde la memoria, las múltiples páginas desechadas y repeticiones de parrafadas completas me lo indicaron así. Sin embargo, fue una empresa inútil. Un escritor que no ha escrito en años, y que ha perdido su oportunidad para retornar a las prensas, es una bestia desesperada. En su increíble dolor, tomó una decisión desafortunada: el contenido de toda una botella de absenta. Otro nombre para ella es el «diablo verde» y el diablo apareció bajo su piel para liberar su frustración en forma de una violencia hacia todo lo que estuvo a mano. Supongo que ya cansado y sintiendo los efectos del veneno, acometió una última acción. Un acto de justicia poética, si bien la justicia terrenal no podía obrar contra quien no tenía evidencias. Perry escribió este, su último texto, y también despedida, para recordarle que usted no le mató, pero sí lo hizo.

Fue notable observar el rostro de Freeman Doyle y lo tormentoso de su estado anímico. Las profundidades de espíritu humano solo quedan en evidencia en momentos como este. Abandonó la habitación como una alma del purgatorio y escuchamos la puerta de su habitación azotarse. Con Poe nos quedamos mirando y luego bajamos en silencio para tomar el carruaje.

Dejamos atrás Jeffersons Ward.

—¿Por qué no le detuvo? —le pregunté finalmente.

—¿Para qué? ¿Qué penuria más grande podrá recibir que sentirse siempre a la sombra de A. Perry?

—Supongo que soy alguien que prefiere la justicia formal. ¿Alguna vez comparte sus hallazgos con sus pares durante su investigación?

—Por supuesto que lo hago. Lo hice con usted, ¿recuerda? —Y supuse que hablaba de cuando me extendió el poema recién hallado para mi lectura. Me avergoncé.

—Lo lamento muchísimo.

—No lo lamente, es solo una cuestión de práctica. Aunque, si pudiera definirme, sería como un observador afortunado en el momento y el lugar exactos.

—¡No, no! Aquello lo reduciría a...

—Un simple ser humano con habilidades normales de deducción. Eso lo convierte a usted en un observador brillante, amigo mío.

ÍNDICE

· Literatura latinoamericana de horror: una
aproximación a la narrativa de Edgar Allan Poe
Hemil García Linares   7

· Kachkaniraqmi
Raúl Quiroz Andia   17

· La devoradora de soledades
Tanya Tynjälä   31

· La sombra de la melancolía
Cristina Mars   41

· El retorno de la momia
Daniel Salvo   53

· El espejo escarlata
Hemil García Linares   67

· Temple of love
Connie Tapia Monroy   83

· El insólito ángel de lo insólito
Sergio Alejandro Amira   97

· El vuelo de la Hyalophora
Poldark Mego Ramírez   113

· La muerte roja en los reinos Eslavos
Julio Cevasco   123

· Graznido
Pablo Espinoza Bardi   139

· Paigasa
Daniel Olcay Jeneral   149

· Aquel que yace
Gonzalo Fernández Bastías   163

· El medallón de amatista
Bern V. Chamberlain   175

· La sombra de un hombre triste
Luis Saavedra Vargas   193

Proyecto Usher, antología en homenaje a Edgar Allan Poe, se terminó de editar en el mes de septiembre del 2020, en las ciudades de Arica, Chile y Virginia, EEUU. Para su composición se utilizó Bookman Old Style en sus distintas versiones; el interior está impreso en papel ahuesado de 80 grs. y la portada en couché de 250 grs.

Editorial Raíces Latinas

www.ingramcontent.com/pod-product-compliance
Lightning Source LLC
Chambersburg PA
CBHW032123170626
46808CB00006B/2073